シュークリーム

内田百閒

山本善行 撰

灯光舎

漱石先生臨終記

一

十二月九日の日暮れに漱石先生が亡くなられてから、お葬《とむら》いは何日目の幾日であったかも思い出せない。二十年の歳月が、痛みに堪えなかった感傷を癒やし、同時に慌《あわただ》しかったその當時《とうじ》の事の後先を、順序もつながりもなくしてしまった。二十年の時の流れは、私を翻弄する事に急であって、自分の身の上として顧れば、大浪が不意に立ち騒ぎ、相撃ち、流れを攪《みだ》した事も幾度かあるので、その當時の狂瀾が、大切な記憶や感傷を洗い去った様な氣もするのである。

青山齋場の受附に起《た》ったり、又廣場《ひろば》の向《むこ》うにある供待部屋《ともまち》の中に這入《はい》ったりした。土間の眞中に爐《ろ》を切って、盛り上がっている炭火の色は眞赤であった。その廻りに人が起ったり、蹲踞《しゃが》んだりして、ざわめいた。幅の廣い白襷《しろだすき》を肩から脇に垂らし、人の顔をまともから見据えながら、混雜の中をうろつき廻る男があった。襷の白地に墨で書き連らねた字が、目に沁《し》みる樣であった。しかしどう云《い》う文句が書いてあったか覺《おぼ》えてもいないし、第一その時に讀《よ》んで見もしなかった樣である。時時《ときどき》斜に天を見上げる恰好をして、手を擧《あ》げ、聲《こえ》を荒らげて、喚《わめ》きたてた。漱石先生の死んだ事で、何かの啓示をしようとするらしかった。氣違いか、香具師か、本氣なのか解《わか》らなかった。

　後から遲れて來る會葬《かいそう》の人も絶えた時、前の廣場の地面は、ぱさぱさに白《し》らけ返って、不意に倍も廣くなった樣に思われた。その向うにある式場の中を、こちらの遠くから、うかがって見ると、眞暗がりの中途半端なところに、蠟燭の大きな焔《ほのお》が、輪郭のない汚染《しみ》になって、赤くぼやけた色をしている。今日ここで行われている事は、私に何のかかわりもない樣な氣がしかけた。時時寒い風が吹き過ぎて、一服している私の煙草の煙を、手繰るように引いて行った。

　先生が死なれた夕方から、びっくりする樣な突發事《とっぱつごと》と、いつまでやっても片づかない瑣末な用事とが、取り込んでいる家の中を引っ掻き廻し、一睡もしていない私の頭の中でこんがらがった。デスマスクを取る時、先生の動かなくなった顔に、油を塗りたくり、石膏を壓《お》しつけたそうである。私は知らないのだけれど、見ていた人の話に、引っ剝がす時は髭が釣《つ》れて、痛痛しかったと云った。その一事でも、私は一生涯忘れられない事を聞いたと思った。大學病院で先生を解剖したら、おなかの中には、胃が破れて溢れた血が、一ぱい溜まっていたと云う話を聞いた。傍に起ち合った小宮豐隆氏は二度とか三度とか卒倒したのに、なお最後まで見届《みとど》けると云って、その場を去らなかったと云う事も聞いた。すると不意に私は、あんまりはっきりしたつながりもないのに、急に泣き出しそうな氣持《きもち》になって、慌てて忙《いそ》がしい用事に起って行った。早稲田南町の書齋に先生の亡軀《なきがら》が歸《かえ》って來た時も、何處《どこ》か用事に出ていたのか、奥の方で何かしていたのか覺えないが、私は知らなかった。それで傍の人に聞いた。

「先生はもう歸ったんだろう」

「そうらしい。さっき歸って來た様だった」

どう云う姿になって歸られたか、私は想像もしなかった。

人の出入りが激しくて、だれが何を云っているか、よく解らなかった。先生が危篤に陥られた後、食鹽《しょくえん》注射で一度持ち直した。間もなくその利き目が衰えて、再びもとの危篤に落ちられる前に、「苦しい」とか「死にたくない」とか云われたと云う話が、どの新聞かの記事で妙な風に扱われて、夏目漱石も普通の人間ではないかと云う事になった。その何でもない當《あた》り前の事の爲《ため》に、實《じつ》は混雑でその新聞を直接に見る暇もなく、又先生が本當は何と云われたのか確かめもしないで、人から聞いたなりに、或《あるい》は人と人との話しを立ち聞きしただけで、惑亂《わくらん》した。新聞なぞにそんな事を書いて貰いたくないと云う一念で、口惜しくて堪らなかったのである。

岩波茂雄氏は先生の亡くなられた晩に、憚《はばか》りにおっこちた。門から玄關《げんかん》に向かった左側の庭に、植木屋の住んでいた別棟の小さな家があって、その中にも一ぱい人が詰めかけていた。夜が更けて、少し人の減った頃、岩波氏はそこの憚りで足を踏み外し、這い上がった所を、野上豐一郎氏と森巻吉氏とに見られたのだそうである。それで後から御馳走するからこの事は祕密と云う事になっていたのが、岩波さんの方で中中《なかなか》奢らないものだから、間もなく知れ渡った。私もみんなと一緒になって、腹を抱えて笑った。しかし、あんまり笑っていると、仕舞には、そう云う失策が非常に感傷的に思われて、急に泣き出しそうになった。

墓場に行ったり、焼場に行ったり、方方《ほうぼう》の交渉を皆手《みんな》分けで片附けた。

やっとお葬いになって、向うの式場から、鉦《かね》の音が聞こえて來る。私は煙草を土間に投げすてて、式場の方へ行った。眞中邊《あた》りに空いた席があったので、そこに腰を掛けた。薄暗くて溫かくて、身體《からだ》の方方が伸び伸びする様で、連日の疲れでほっとした。お經《きょう》の聲を聞きながら、うすら眠い様だなと思いかけた時、突然、その氣持とは何の關係もなしに、腹の底から大きな何だか解らない生溫かい塊りが押し上がって來て、涙が一どきに流れ、咽喉の奥から變《へん》な聲が飛び出して、人中でわめきそうになった。

それで、慌てて場外に出て、入口の柱に凭《もた》れた。廣場に向かって、大きな口を開けて、わあわあと泣いた。涙が顎から胸に傳《つた》い、又足許《あしもと》にぽたぽたと落ちた。白けた廣場が、池の様に水光りがした。

二十年この方、いろんな目に會《あ》ったけれども、こんな事を繰返した覺えはない。そうして、これから先も、もう一生涯そう云う事はなさそうに思われる。

二

田舎の中學校の授業が終《おわ》って、校門を出ると兩側に濠がある。その中に浮いた様な道を歩きながら、友達と夏目漱石を論じた。私は初めから、そうせきと讀めたけれど、友達の中には、セ石だの、ライ石だのと讀む者があった。

漾虛集《ようきょしゅう》の出た當時で、私はその讀後感を書いて町の新聞に寄稿した。新聞がまたそれを採用して、詞藻《しそう》欄に載せたものだから、急に鼻が高くなって、一人前の漱石崇拜者を以て任じた。

漱石が滿洲に旅行すると云う新聞記事を讀んだので、同級の太宰施門君と相談して、岡山驛《えき》を通過するところを、入場券を買って、汽車の窓から覗いて見ようと云う事にした。その當時、東京から下《しも》ノ關《せき》に直通する急行列車は、一往復しかなかったので、岡山驛を通過する時刻は、上リが晩の七時二十二分、下りは午前十時三十何分であった。それで朝の十時頃から岡山驛に出かけて、二錢の入場券を買って、プラットフォームに出た。その爲に學校を休んだ樣な記憶はないから、多分暑中休暇中の事であったろうと思う。度度《たびたび》新聞や雜誌で見た事のある寫眞《しゃしん》の顔を標準にして、それに似たのを物色しようと云う計畫《けいかく》である。

一日一回宛《かいずつ》しかない急行の這入る時は、停車場内が引締まる樣な氣がした。構内の外れにある踏切りには、既《すで》に柵が下りて、兩側に溜まった通行人が人垣を造っている。その先のカーブに汽罐車《きかんしゃ》の前面が見えたと思ったら、忽《たちま》ち地響が傳わって、目の前を窓から食《は》み出した人の顔が、ちらちらと流れて、汽車が止まった。漱石はきっと一等に乘っているに違いないと云うので、太宰と二人で、ひっそりしている一等車の窓から、恐る恐る中を覗いて見た。二三人しか人が乘っていない。みんな偉そうな顔をしているけれども、漱石に似た顔は一つもなかった。

事によると二等かも知れないと思って、今度は二等車の窓を覗いて歩いた。人の顔が澤山《たくさん》動いていて、一等車の樣に、はっきり見極める事は出來なかったけれども、居ない事は確からしかった。

それでその日は失望して歸った。或は日にちを一日位は延ばしたかも知れないから、明日もう一度來て見ようと約束して、太宰と別《わ》かれた。

そうして、その次の日も同じ様に、一番後に連結されている一等車から見て行って、二等車も一わたり覗いたけれど、はっきりしない。しかし一等車に、どうも少し怪しいのが一人いる。口髭を生やして、何だかそう思えば、寫眞のどれかに少し似ていた。もう一度その窓の前に歸って、二人で代《かわ》りばんこに覗きながら、ひそひそ聲で話し合った。

「あれだろう」

「そうらしい」

「あれに違いない」

「そうだ、あれにきめよう」

そうして、汽車の出る迄、二人竝《なら》んで窓の外に起って、見送った。

漱石先生が大阪で發病して、その時の滿韓旅行を中止せられた事は、ずっと後になって、初めて知った。

三

明治四十三年田舎の高等學校を卒業して、その秋初めて東京に上り、四十四年の早春に、內幸町の胃腸病院に入院して居られる漱石先生を訪ねて行った。

日比谷から內幸町に向かって歩いて行く途中、私は華族會館の前で立ち停《どま》り、道端にしゃがんで、袴の裾から下にのぞいているズボン下を、膝の折屈《おりかが》みのところ迄たくり上げた。足頸《あしくび》で紐を結ぶ舊式《きゅうしき》のズボン下なので、裾口が打裂《ぶっさ》きになっているから、たくし上げた皺が、膨《ふく》ら脛《はぎ》を辷《すべ》って下りない様に、折屈みから膝頭に紐を廻して、ぎゅうぎゅう縛っておいた。何故そんな事をしたかと云うに、初めて漱石先生にお目にかかるのに、ズボン下が袴の下にのぞいている様な、だらしのない風態ではいけないと思ったからである。

先生の病室は二階の日本間で、寝床は敷いてあった様にも思うし、先生は別の所に起きていられた様な氣もする。床の間に掛物が懸かっていて、病院の様な氣はしなかった。郷里にいる頃から、度度手紙を差上げ、又御返事を戴いた事もあるけれども、漱石先生の顔を見るのは初めてなので、固くなって畏《かしこま》り、膝を高く端坐《たんざ》して、お話しを承った。

先《ま》ず私の郷里の事を聞かれて、先生が自分も明治二十五年とか六年とかに岡山に行って、未曾有の洪水に遭ったと云う話をせられた。その時は二年續《つづ》いて大水が出たので、私も自分の家の二階から、母に抱かれて、往來を高瀬舟が通るのを見た事を覺えている。漱石先生は、二階のない家に來て居られた爲に、水に漬かって、そこから避難せられた所が、今は魚峯とか云う料理屋の座敷になっているそうである。今秋岡山がその後四十年目の大洪水に襲われた後、昔の中學校の恩師木畑竹三郎先生から寄せられたお便りの中に、その事が書いてあって、時折り會合などのある時、その座敷に上がると、今昔の感に堪えないとの所懐《しょかい》を述べられた。木畑先生は、第一高等學校が一ツ橋外にあって高等中學校と云った當時、漱石先生と同學せられたのである。木畑先生が病を得て、早く郷里に歸られた爲、漱石先生と相識《あいし》るに至らなかった。私に取って微妙な因縁が、そこで斷《た》たれている。

私が餘《あま》り固くなっていたので、漱石先生の方から色色話しかけて下さった樣である。しかし私は、ろくろく口も利けないし、田舍から出て間のない時で、もう歸りたいと思っても、切り上げる潮時が解らないのである。その内に足がしびれて來て、さっきは華族會館の前で、大變な事をして來たと氣がついた。わざわざ膝の下にたくし込んだ大きな襞《ひだ》を足に挾んで、その上に危坐《きざ》しているのだから、じっと坐っていても、その儘《まま》横倒しにひっくり返りそうになった。

この病院には、そんなに惡くもないのに、客を避ける爲に入院している人もある。一日じゅう外を出歩いて、お酒を飲んで歸って來る患者もいるよと云って、先生は笑ったらしい。私はそれどころでなく、もうこの上は一刻も身體が支えられないと思ったので、急に挨拶をして、やっと起ち上がり、ふらふらしながら襖を開けて、次の控えの間に一足踏み入れた途端に、膝を突いて前にのめった。その部屋の火鉢の前に坐っていた看護婦の身體にぶつかりそうになったので、看護婦が何か云ったに違いないけれど、そんな事は覺えていない。足をさすったり、ひねったりして、早く痺れの取れる事を念じた。ズボン下の襞が膝の裏に食い込んでいる。それを下ろして、もとの通りにしたら、らくになるだろうと思って、袴の裾をまくっているところへ、うしろから「痺れたかね」と云ったので、びっくりして振り返ると、漱石先生が私の後からついて來て、そこに起っていた。

往來に出てから、私は獨り言を云いながら、無暗《むやみ》に足早に歩いた。

四

それから數年後《すうねん》、私は九月號《ごう》の「搔痒記」に書いた様なわけで、生活が苦しくなった。しかしまだなんにも事が解らないので、いろいろ氣をつかった。友人達には何人にも知らせない様に質を置いたところが、期限が來た時、受け出す金がないので、どうしていいか解らない。流してしまっては困る物ばかりである。祕密の話を聽《き》いて戴きたいと前置きして、漱石先生にその事を訴えた。どうかお金を出して、質を受けて下さいと賴《たの》み込んだところが、先生は、その位の事を知らないのか、利子をやればいいのだよと云って笑われた。家に歸って、利子がいくらいるのか調べて來いと云われたので、そうしたら、利子のお金を出して下さった。

それから又何年後、益《ます》々《ます》貧乏して、暮らしが立たない。大勢の家族を背負って、煩悶した揚句《あげく》、漱石先生にお金を貸して戴こうと思ったけれど、叱られそうな氣もする。恐る恐る早稻田南町に行って見ると、先生は湯河原の天野屋に行っていられると云う事なので、一旦家に歸って、有りっ丈の金を集めて、私も後から湯河原に行く事にした。

初めての所なので、勝手は解らないし、旅費はやっと向うまで行きつくか、どうか、少し怪しい位しかなかった。心細いけれども、もうそれより外《ほか》に道がないと思ったので、元氣を出して、汽車に乘った。國府津《こうづ》で下りて、小田原までは電車だった樣な氣がする。小田原から小さな輕便鐵道《けいべんてつどう》に乘ったところが、滿員で腰をかける事も出來ず、起っているには、天井が低いから、頭がつかえて、中腰でゆらゆらしていると、線路の曲り角で、よろめいて後に腰を掛けている人の上から腰を掛けてしまった。そうするともう起ち上がれないのである。又下敷きになった人も文句を云わなかった。小さな汽罐車はぴいぴいと云う計《ばか》りで、のろくて、坂を登る時は逆行しそうになった。坂を下る時、片側を見たら、切りそいだ樣な崖で、そのすぐ下に迫っている海は、恐ろしい淵の色をしていた。雜木の間を走りかけて、急に止まったと思うと、機關手が下りて線路の上に散っている枯葉を拾って除けた。葉っぱの上を走って、辷った事があると云う話を車内の人がした。段段薄暗くはなるし、お金はもう二十錢銀貨一枚しかないので、湯河原についてから、宿屋が遠かったら、どうしようかと思った。萬一、漱石先生が入れ違いに、東京に歸られたと云う後にでも行ったら、今夜をどうしていいか、そう云う點《てん》を非常に心配しながら、なるべく考えない樣にした。

湯河原の驛は眞暗で、降りた所に提燈の灯が五つ六つ、中途半端なところを、ふらふらと搖れていた。それがみんな宿引きやお迎えの提燈なのである。天野屋はここからどの位の道程であるか、どの方角に歩いて行ったらいいかと尋ねようと思っていると、いきなり目の前に馬の顔が來たと思ったら、一頭立ての幌馬車《ほろばしゃ》である。御者臺《ぎょしゃだい》に天野屋の提燈がともっている。私が道を尋ねているのを傍から聞いて、その馬車に乗れ乗れと云った。私は提燈の屋號を見て、急に取り縋りたくもあり、又向うが頻《しき》りに丁寧な言葉で乗れと云うから、ついその儘、馬車の踏み臺に足をかけて、乗り込んでしまった。

暗闇の中に蹄の音が亂《みだ》れて、時時道の凹みに馬がよろめくらしかった。左手の暗い底に瀨音《せおと》を聞いたり、右側の崖の上に風の渡る樹立ちのざわめきを聞いたりしながら、私は暗い車上で、そっと二十錢銀貨を摘まみ出して、その緣のぎざぎざを爪で搔いて見た。この馬車賃に足りるかどうかと案じながら、何處かわからない所から吹き上げて來る夜風に身ぶるいをした。

天野屋の前に停まってから、料金を聞こうとしたら、馬車は宿から汽車の著《つ》く每に、驛に出すお迎えの車なので、ただであった。明《あ》かるい玄關に起って待っていると、漱石先生に取り次いだ女中が歸って來て、どうぞお通り下さいと云った時の嬉しさは忘れられない。

漱石先生は、割りに小さな部屋にいられた様である。突然伺った御詫びをして、私のお願いを申し出たら、叱られもしないで、貸してやるけれど、今ここにはないから、東京に歸って、自分がそう云ったと傳えて、お金を出して貰えと云われた。お金は百圓か二百圓か何でも大金であった。私は溫泉に這入り、麥酒《ビール》を飲まして貰って、御馳走を食って、鉤《かぎ》の手になった廣い部屋に、伸び伸びした氣持で寢た。

翌《あ》くる朝、遲く起きて、支度をすませて、先生の部屋に行って見ると、障子に一ぱい朝日の射した、目のはちくれる様な部屋の中に、漱石先生は湯上りらしい肌の色をして、眞裸で足を伸ばしているので、びっくりして、遠慮しようかと思っていると、漱石先生は平氣な顔をして、私の方を見ながら、「いいよ」と云って、方方を揉み出した。暫らく何か話されたけれども、私はその時の話を一言も覺えていない。歸りの旅費やお小遣を五十錢銀貨ばかりで何圓か貰って、玄關まで呼んで戴いた俥《くるま》に乘り、女中や番頭に見送られて歸って來た。そう云う用事で行ったお客でも、宿屋の宿帳から見れば普通の湯治客と變《かわ》りないから、毎年年賀狀を寄越す。

五

何年たっても、私は漱石先生に狎《な》れ親しむ事が出來なかった。昔、學校で漱石先生に教わった人達は勿論、私などより後に先生の門に出入した人人の中にも、氣輕に先生と口を利き、又木曜日の晩にみんなの集まる時は、その座の談話に興じて、冗談を云い合う人があっても、私は平生の饒舌に似ず、先生の前に出ると、いつまでも校長さんの前に坐らされた樣な、きぶっせいな氣持が取れなかった。

或る夏の夕方、近所にいた津田青楓氏を誘って、漱石先生を訪れ、小せんの落語を聞きにいらっしゃいませんかと勸めたところが、先生は氣輕について來られた。神樂坂の寄席に行って、目くらの小せんの話を五つも六つも續け様に聞いた。それでもまだ物足りない程面白かった。こはこれ頼朝公御幼少の頃のしゃりこうべと云った小せんの口跡が「右大將頼朝公の髑髏」となって、「道草」の中に載っている。

しかし、そんな事は私に取って永年の間のたった一度の經驗《けいけん》であり、それも津田さんが一緒だったから、先生を誘い得たのである。先生と二人きりだったら、その方に氣を取られて、呼吸が詰まって、小せんを聞いても面白くなかったろうと思う。

先生がまた病氣で寝ていると云う事を聞いたので、お見舞に行ったら、病床に通されて、外に何人《たれ》もいなかった。しかし先生が布團《ふとん》の中に寝ているから、いくらか氣がらくであった。

「いかがです」と聞いたら、

「段段いい」と云った。

それで話しが切れてしまって、別に苦しそうでもなく、うるさそうでもないけれども、又面白そうでもなかった。世間話をする種もなく、病状を根掘り葉掘り聞いてもつまらないし、聞かなくても、大概《たいがい》みんなこちらで知っている。

私の方でつまらないから、もう歸ろうと思うと、今度は、先生が默って寢ているから、その潮時がないのである。やっと機會を見つけて、「失禮《しつれい》します」と云って起ちかけた時、ふとさっき門の前で、子供が鬼ごっこをしていたのを思い出した。私は東京の子供の遊び言葉をよく知らなかったので、不思議な氣がしたから、先生に聞いて見た。

「大勢電信柱につかまって、がやがや云っていましたが、何と云って遊ぶのですか」

「いっさん、ばらりこ、殘《のこ》り鬼と云うのだよ」と先生が枕の上で節をつけて云った。

もう一度「失禮します」と云って、病室を出てから、廊下を歩きながら、私は口のうちで、繰り返した。病床に寢て、獨りで天井を眺めている先生も、さっきの口癖で、又いっさんばらりこ殘り鬼と云っている樣な氣がした。

六

大正五年の冬、十二月に入ってから先生の病勢は危迫を報ぜられた。門下の者が交替で、泊《とま》り番をきめて先生を看病をした順番が、幾度目かに私に廻って、八日の夜は病室に隣《とな》った部屋の爐邊《ろばた》に、不眠の一夜を明かした。

眞夜中に、固い音のする通り雨が、家の廻りを取り巻いて、間もなく一陣の夜風の音と共に、何處かに去って行った。

廊下を蹈《ふ》む足音を、忍ばせていても近づいて來る氣配は、遠くから、はっきり解った。そうして、老看護婦が襖を開き、爐の緣に肱《ひじ》を曲げている當番の醫者《いしゃ》に、脈搏は百四十幾つと報告した。

醫者は起き直って、無言で聞く事もあり、看護婦と共に病室に行く時もあった。歸って來てから、默って火箸を取って、爐の灰をならしている。

「如何です」と聞くと、

「ふうん」と云ったなり、又肱を曲げて、手枕をして、眼鏡をかけたまま目をつぶっている。

そうして、障子越しの硝子戸の向うに、重苦しい曉の色が射して來た。

お午《ひる》過ぎに、病室から慌《あわただ》しく走って來る足音がして、「早く、お嬢さんを、俥屋をやって、そうだ女子大學の女學校へお迎えにやるんだ」と云った。

午後は病室にお醫者が三人か四人這入ったきりで、だれも出て來なかった。

木曜日の夜、顔を合わす人はみんな集まった様である。別の部屋には、あちらこちらに團《かた》まって、平生餘り顔を見ない人が坐っていた。

家の中に上がって來る人が、段段ふえて、人影がしげくなるに従《したが》い、邊りの物音が次第に消えて、人の起つ裾の音がしても、びっくりする様になった。

「今、苦しいらしい」とだれかが云った。

病室の模様を傳えた者がある。

みんな默っていた。

いつの間にか、邊りが薄暗くなりかけていた。

「どうぞ、皆さん」と入口に起って云う聲が聞こえた。

はっと思う氣の張りもなかった。默って、靜かに書齋に這入った。窓の近くに病床がある。

まだ起っている時、先生の顏が見えた。青ざめて、激しく動いたあとが消え殘って、そのまま靜まった顏が、屛風の陰にあった。

先生と同じ樣な病氣で寢て居られた寺田寅彦氏が、起きて來て、先生の傍に坐っている。筆を取って、先生の脣《くちびる》をぬらしている。そうしてお辭儀《じぎ》をして、そこを起たれた。

みんなが同じ事を、靜かに行った。

私も筆をぬらして、先生の顏をこんなに近く見た事がなかった、口がいつもより少し違っていた、脣に穗尖《ほさき》が觸《ふ》れた後で、一寸邊りが解らない樣な氣持がしかけたけれど、お辭儀をして起った。

泣いている人は一人もなかった。私もそんな氣持ではなかった。ただ自分の坐っている座の廻りが、非常に遠い様な氣がした。

突然、津田青楓氏が大きな聲で泣き出した。先生の枕許を離れなかった。だれかがなだめて、こっちに來た。それから又静まって、みんながじっとしていた。お醫者が先生の傍に行って坐った。

どの位時間が經ったか解らない。傍にいられる奥さんの顔が引き緊《し》まり、一寸ざわめいた様でもあり、みんなは坐ったなり動かなかった。御臨終で御座いますと、お醫者が云ったか、私に聞こえたかどうだか、解らない。それから後はなんにも覺えていない。何日か後に、青山でお葬いがあるまで、私は涙も出なかった様である。

長春香

長野初さんは、初め野上臼川氏の御紹介で、私の許に獨逸語《ドイツ》を習いに來た。目白の日本女子大學校を出て、その當時《とうじ》帝大が初めて設けた女子聽講《ちょうこう》制度の、最初の聽講生の一人として帝大文科の社會學科に通っていた。女子大學では英文科の出身なので、獨逸語を知らないから、大學の講義を聽《き》くのに困ると云《い》うので、私に教わりに來たのである。私はその頃は陸軍士官學校と海軍機關《きかん》學校と法政大學との先生を兼ねて、勤務時間は多くて忙《いそ》がしかったけれど、家に歸《かえ》れば法政大學の學生が訪ねて來るのをお伴にして、活動寫眞《しゃしん》を見て廻ったり、一緒に麥酒《ビール》を飲んで騒いだりしていた時分だから、長野一人を教えてやる時間を繰合わせる位の事は何でもなかった。のみならず、私は自分の教師としての經驗《けいけん》から、語學の初歩をゆっくりやっていては、いつ迄たっても埒《らち》は明かない。當分のうちは毎日來る事、決して差支《さしつかえ》を拵《こしら》えて休んではいけない、時間ははっきりした約束は出來ないから、早くから來て、待っていて貰いたいと申し渡した。私の休みの日には朝からやるつもりで、あらかじめそう云って置くと、長野はその通りの時間にやって來て、もうさっきから待っていると家の者から聞いても、私は中中《なかなか》起きる氣になれないので、愚圖愚圖《ぐずぐず》しているうちに、又うつらうつら寝入ってしまう。お午《ひる》になると、長野は家の子供達と一緒に御飯をよばれて、待っているのである。

前の日にやった事は、必ず全部暗記して來なさい、解《わか》っても解らなくても、それが何のつながりになるかと云う様な事は、後日の詮議に譲《ゆず》るとして、ただ棒を嚥《の》み込む様に覺《おぼ》えて來ればいい。解らないと思った事でも、覺えて見れば、解って來る。覺えない前に解ろうとする料簡《りょうけん》は生意氣であると私は宣告した。

長野は、そういう私の難題を甘受して、私が課しただけの復習と豫習《よしゅう》と宿題をやって來た。雨が土砂降りに降っている日の午後、今日も來るか知らと思っていると、長野は束髪《そくはつ》の鬢《びん》に雨滴を載せて、私の書齋に這入《はい》って來た。夕方になって、益《ますます》雨がひどくなり、風も少し加わって、荒れ模様になった中を歸って行った後から、いつまでも、もう電車に乘ったか知ら、もう家に歸ったか知らと思う事があった。

勉強家で、素質もよく、私の方で意外に思う位進歩が速かった。間もなく、ハウプトマンやシュニツレルの短篇を、字引を引いて讀んで來るようになった。切りまで講讀を終《おわ》った後、長野は自分の身の上話をした事がある。以前に一度不幸な結婚をしたと云う話は、うすうす聞いていた。そういう話を長野は、さらさらとした調子で話して聞かせた。その話の中に、臺灣《タイワン》の岸を船が離れて、煙《けむり》がなびくところがあった。長野が船に乘っていたのだか、出て行く船を岸から見送ったのだか、私は覺えていない。子供の時の話の様でもあり、結婚に絡まった一くさりの様にも思われるし、何だかその時聞いた話は、全體《ぜんたい》がぼんやりした儘《まま》、切れ切れになって、私の記憶の中に散らかってしまった。

初めて生んだ子供が死んだ話も、私は忘れていた。ついこないだ長野の手紙が、どう云うわけだか一通だけ出て來た。その中に「御病人のことを伺ったせいか、昨夜は死んだ子供の夢を見て、苦しい思いをしました。子供の死ぬ時の光景をくり返したのです。目が覺《さ》めてからも、まだ泣いていました。私がほんとうに母らしい氣のしたのは、子供が病氣になって死ぬまでの二三日です。一睡もしないで、ただじっと小さな手から通じる脈の音をきいていたあの時ほど、眞劍《しんけん》になったことはありませんでした。私は此《こ》の世を去り際の子供の顔を忘れる事が出來ません。いえそれより他は思い出せないのです。今日は夢の後味にたたられて、一日感傷的な氣分を離れることが出來ません。學校でも大塚先生のヴェルレエヌの話で、あやうく涙を落とすところでした」とあるのを讀んで、そう云えば、小さな骨壺を持ち歩く話を聞かされた事があったと思った。

一度、長野の家に私を招待したいと云うので、私は日をきめて、御馳走によばれる事にした。當日の夕方、細雨《こさめ》の中を長野が迎えに來てくれた。一緒に出て、護國寺《ごこくじ》の前の廣《ひろ》い道を歩いて行くと、急に雨がひどくなった。その時分、電車道はまだ護國寺の前まで來ていなかったから、坂を登って、大塚仲町に出て、本所《ほんじょ》行の電車に乘った。長野の家は本所の石原町にあって、お父さんは開業醫《い》であった。

私はその日は朝から胃が痛かった。夕方までには癒《なお》るだろうと思っていたけれど、少しもらくにならないので、御馳走によばれて行くのは氣が進まなかった。電車の中で、長野と話しをするのも退儀になって、曇った窓硝子の外をぼんやり眺めている内に、富坂の砲兵工廠《こうしょう》の塀が暮れかけているのを見たら、急にねむくなって、厩橋《うまやばし》近くで長野に起こされるまで、私は車中で昏昏《こんこん》と眠りつづけた。

御馳走は鳥鍋で、私が前に骨がかじり度《た》いと云った事があるものだから、別の大皿に雞肋《けいろく》が盛り上げてあった。長野のお父さんやお母さんが、私に挨拶をして、色色ともてなした。平生めったに出した事のないという蒔繪《まきえ》の盃に酒をついで私に薦めたり、長野とお母さんが代《かわ》る番子にお銚子を持って、二階を上がったり下りたりした。

鍋の中を突っつき、骨をかじった。骨を嚙む音が、その儘胃壁に響いて、痛みを傳《つた》える様な氣がした。笹身の小さな切れが咽喉から下りて行くと、その落ちつく所で、それだけの新《あた》らしい痛みの塊りが、急に動き出す様に思われた。

盃を押さえ、箸を止めて暫《しば》らくぼんやりしていた。壁際に長野の机があって、その上に、今私がこの稿を草する机の上に置いている鳥の形をした一輪插《いちりんざし》があった様な氣もするし、そんな事は後から無意識のうちにつけ加えた根もない思い出の様な氣もする。

來る途中、電車の中で居睡《いねむ》りをした話を聞いて、お醫者様のお父さんが、それは餘《よ》つ程《ぽど》胃が悪いのだと云った。無理に飲んだお酒の醉《よ》いと、胃の鈍痛の爲に、私は額に汗をかいた。お父さんの云いつけで、長野が下の薬局に降りて調合した胃の藥を、白い紙に包んで持って來た。

まだ止《や》まない糠雨《ぬかあめ》の中を、俥《くるま》で送られて、石原町の狹い通を出た。見なれない町の様子を、幌《ほろ》の窓から覗いても、方角もたたなかった。ぬかるみを踏む車夫の足音ばかりが耳にたって、變《へん》に淋しい所を通ると思ったら、後から考えるとそれは被服廠《ひふくしょう》跡の塀の陰を傳っていたのである。

二三年後に、長野は養子を迎えて結婚した。長野は一人娘なのである。その後たまにしか來なくなったので、どうしているだろうと思っていると、赤ちゃんがもうじき生まれると云う話を聞いた。

間もなく九月一日の大地震と、それに續《つづ》いた大火が起こり、長野の消息は解らなくなった。餘燼《よじん》のまだ消えない幾日目かに、私は橋桁の上に板を渡したあぶなかしい廐橋を渡って、本所石原町の焼跡を探した。川沿いの道一面に、眞黑焦げの亞鉛板が散らばり、その間に、焼死した人人の亡骸《なきがら》がころころと轉《ころ》がっていた。道の左寄りに一つ、頭を西に向けて、ころりと寢ている眞黑な屍體《したい》があった。子供よりは大きく、大人にしては小柄であった。目をおおって通り過ぎた後で、何だか長野ではないかと思われ出した。齒竝《はな》みだけが白く美しく殘《のこ》っていたのが、いつまでも目の底から消えなかった。長野は稍《やや》小柄の、色の白い、目の澄んだ美人であったから、そんな事を思ったのかも知れない。

　焼野原の中に、見當をつけて、長野の家の焼跡に起《た》った。暑い日が眞上から、かんかん照りつけて、汗が兩頬をたらたらと流れた。目がくらむ樣な氣がして、邊りがぼやけて來た時、焼けた灰の上に、瑕《きず》もつかずに突っ起っている一輪插を見つけて、家に持ち歸って以來、もう十一年過ぎたのである。その時は花瓶の底の上藥の塗ってないところは眞黑焦げで、胴を握ると、手の平が熱い程、天日に焼かれたのか、火事の灰に蒸されたのか知らないが、あつくて、小石川雑司《ぞうし》ケ谷《や》の家に歸っても、まだ溫かかった。私は、薄暗くなりかけた自分の机の上にその花瓶をおき、溫かい胴を撫でて、涙が止まらなかった。

江東《こうとう》の慘狀を人の噂に聞き、又自分で燒跡と、死屍《しし》のなお累累としている被服廠跡を見て、長野の死んだ事を信じた。しかし又、千人に一人の例に這入って、事によると生きてはいないだろうかとも疑って見た。

後になって、長野は、まだ火に襲われる前、既《すで》に地震の爲に重傷を負った母親を援《たす》けて、その血を身重の自分の背にしたたらしながら、一家揃って被服廠跡に這入ったところまでは知っていると云う人の話を又聞きした。日がたつに從《したが》い、愛惜の心を紛らす事が出來なかった。

富坂《とみざか》の中途に、石原町から避難して來た人が寄寓していると云う話を何處《どこ》かで聞いて、私はその家を訪ねて見た。しかし、長野の消息は解らなかった。

何日目かに、私はまた石原町の燒跡に出掛けて行った。その當時、いなくなった近親を探す人は、竹竿の尖《さき》に大きな字で名前を書いた幟《のぼり》をぶら下げて、歩き廻った。私も長野初と書いて肩にかついだ。その時は、もう道も大分片づいていた。それから、長野の家の土臺の上に起って、一服煙草を吹かして歸って來た。

餘震も次第に遠ざかり、雜司ケ谷の公孫樹《いちょう》の葉が落ちつくした頃、過ぎ去った何年の間に、私の許で長野と知り合った學生達と、同じく長野を知っている盲人の宮城道雄氏も加わって、一夕《いっせき》の追悼會を營む事にした。町會に話して、盲學校の傍の、腰掛稻荷の前にある夜警小屋を借りて、會場に充《あ》てた。だれかが音羽《おとわ》の通の葬儀屋から買って來た白木の位牌に、私が墨を磨《す》って、「南無長野初の靈」と書いた。小屋の正面に小さな机を据えて、その上に位牌をまつり、靈前には、水菓子や饅頭の外《ほか》に、後で闇汁の鍋にぶち込む當夜の御馳走全部を供え、長春香を炷《た》いて、冥福を祈った。

何處かで借りて來た差し渡し二尺位もある大鍋の下に、炭火がかんかん起こっている。牛肉のこま切れをだしにして、その中に手でぽきぽき折った葱、まるごとの甘藷、長い儘の干瓢《かんぴょう》、燒麩《やきふ》の棒、饂飩《うどん》の玉等をごちゃごちゃに入れた。灰汁《あく》を抜かない牛蒡《ごぼう》が煮えて來るに從って、鍋の中が眞黒けになって、何が何だか解らなくなった。そのまわりにみんな輪座して、麥酒や酒を飮みながら、鍋の中を搔き廻して、箸にかかる物を何でも食った。

「闇汁だって、月夜汁だって、宮城先生にはおんなじ事だぜ」とだれかが云った。

「このおさつは、まだ中の方が煮えていませんね」と宮城さんが、隣座の者の取ってくれた薩摩芋をかじりながら云った。

「宮城先生には、この席のどこかに、長野さんが坐っているとしても、いいでしょう」

「そりゃ構いませんが、聲《こえ》を出されては困ります」

その內に、もう醉拂《よっぱら》って來た一人が、中腰になって、私に云った。

「先生、駄目だ。みんなでうまそうに食ってばかりいて、肝心のお初さんは、うしろの方に一人ぼっちじゃありませんか」

そうだ、そうだと云って、みんなが座をつめて、一人分の席を明《あ》けた所へ、醉拂ったのが、がたがたとお位牌を机ごと持って來た。

「お供えの饅頭も柿も煮てしまえ」とだれかが云って、靈前《れいぜん》のお供えをみんな鍋の中にうつし込んだ。

「お初さん一人だけお行儀がよくて、氣の毒だ。食わしてやろう」

お位牌の表を湯氣のたつ蒟蒻《こんにゃく》で撫でている者がある。

「お位牌を煮て食おうか」と私が云った。

「それがいい」と云ったかと思うと、膝頭にあてて、ばりばりと二つに折る音がした。「こうした方が、汁がよく沁《し》みて柔らかくなる」

「何事が始まりました」と宮城さんが聞いた。

「今お位牌を鍋に入れたところです」

「やれやれ」と云って、それから後は、あんまり食わなくなった。

何だか座がざわめいて、そこいらの者が起ったり坐ったりした。急に頭がふらふらしたと思ったら、そうではなくて、ひどい地震である。宮城さんが中腰になりかけた時、小屋のうしろで、人の笑う聲がした。學生が二人夜警小屋を持ち上げる様にして、ゆすぶったのである。

それから今年で十二年目である。九月一日に東京にいなかった一年をのぞいて、私は毎年その日になると、被服廠跡の震災記念堂から、裏門を出て石原町の長野の家のあった邊りを一廻りして歸って來る。石原町も二三年前から町幅が廣くなって、昔の樣子とは違って來たけれど、もと長野の家のあった筋向《むか》いに、寺島さんと云う大きな煎餅屋があって、今日は私の方に差支があるから、敎わりに來るのを止めてくれと云う樣な連絡には、その煎餅屋さんの電話を借りたのである。寺島さんも一家全滅して、その家のあった後に、今は、石原町界隈の燒死者をまつる小さなお寺が建っている。だから長野の靈も、そのお寺の中に祀られているのである。月日のたった今、うっかり考えていると、寺島さんの家の跡取りの人が、一人だけ向島《むこうじま》に出かけていると、地震が來たので、わざわざ火燄《ほのお》の中に戻って來て、床の間のある座敷で燒け死んだと云う話を、私は長野から聞いた樣な氣がする。それで一家全滅したので、家の燒跡にお寺を建てて、殆《ほとん》ど死んでしまった町内の人達の供養をする事になりましたと長野が話した様にまざまざと思う事があるけれども、勿論そんな筈はない。私は年年その小さなお寺の前に起って、どうかするとそんな風に間違って來る記憶の迷いを拂いのけ、自分の勘違いを思い直して、薄暗い奥にともっている蠟燭《ろうそく》の焰《ほのお》を眺めている間に、慌ててその前を立ち去るのである。

昇天

私の暫《しば》らく同棲していた女が、肺病になって入院していると云《い》う話を聞いたから、私は見舞に行った。

郊外の電車を降りて、長い間歩いて行くと、段段に家がなくなって、邊りが白《し》らけたように明《あ》かるくなって來た。すると、向《むこ》うに長い塀が見えて、吃驚《びっくり》するような大きな松の樹が、その上から眞黑に覆いかぶさっていた。

門の中には砂利が敷いてあって、人っ子一人いなかった。だだっ廣《ぴろ》い玄關《げんかん》の受附にも、人がいなかった。

何處《どこ》かで風の吹く音がした。その音が尻上がりに強くなって、廊下の遙か奥の方で、轟轟《ごうごう》と鳴る響が聞こえた。

不意に式臺の横にある衝立《ついたて》の陰から、小さな看護婦が出て來て、私にお辭儀《じぎ》をした。私がその後について行くと、看護婦は、いくらか坂になっている長い廊下を、何處まででも何處までも歩いて行った。しまいに廊下の四辻になっている所まで來ると、この左の廊下の取っ附きの病室にいらっしゃいます。患者さんは御存知なのでしょうと云って、向うへ行ってしまった。

その病室の、一番入口に近いベッドに女は眠っていた。大きな病室で、ベッドが十脚位ずつ、兩側の窓に添って、二列に竝《なら》んでいた。寢ている病人は、みんな女で、おんなじ様な顔をして、入口に起《た》った私の方を見ている。

「おれいさん」と私が云ったら、女が眼を開いて私の顔を見た。

「どうも有りがと」と落ちついた聲《こえ》で云って、少し笑った。「お變《かわ》りもなくて」

「いつから惡かったんだい」

「さあ、いつからだか解《わか》りませんの。私何ともなかったもんですから」

「自分で苦しくなかったのかい」

「ええ、ただね傍《はた》の人がいろんな事を云って、息づかいが荒いとか、眞赤な眼をしてるとか。御存知なんでしょう、私がまた出てたのは」

「知ってる」

「それで、その家《うち》のおかあさんが心配して、お醫《い》者に見せたんですの、そうしたら、もう隨分惡かったんですって」

「そんな無理をしてはいけないねえ」

「だって私知らないんですもの、その時お熱が九度とか九分とかあるって、お醫者様びっくりしていらしたわ」

おれいはそんな事を話しながら、口で云ってる事を、自分で聞いていないような、ぼんやりした目附きをして、私の顔を眺めている。

「今でも熱があるんじゃない」

「さあ、矢っ張りその位はあるんでしょう。ここに來てからまだ、もう幾日になるのか知ら。私、貴方がいらして下さる事、わかっていましたわ」

「どうして」

「どうしてでも」

庭の上の空を、大きな雲が通るらしく、邊りが夕方のように暗くなりかけた。

「僕はまた來るからね」

「ええ、でもこんな所氣味がわるくはありません」

「そんな事はないよ。何故だい」

「本當《ほんとう》はね、ここは耶蘇《ヤソ》の病院なの」

「知ってるよ」

「私どうしようかと思いましたわ。初めは何でも市の病院に這入《はい》れるような話だったのですけれど、病人が一ぱいで、空《あ》かないんですって。それから、おかあさんがお醫者様と相談して、耶蘇の病院に入れると云うんでしょう。私、子供の時から、耶蘇は好かないんですもの。竹町《たけちょう》の横町に救世軍があって、太鼓をたたいているから、うっかり聞きに行くと、中に這入ったら最後、戸を閉めて歸《かえ》さないんです」

「そんな事があるものか」

「いいえ、だから私、それに私が耶蘇の病院に這入ったりしたら、死んだ母さんや父さんにすまない様な氣がして、ここに來る前は二晩も三晩も眠れなかったわ。すると毎晩毎晩、眞白い猫が來て、寝床の足許《あしもと》の閾《しきい》で夜通し爪を磨《と》ぐんでしょう。おおいやだ。思い出してもぞっとするわ」

「そんな事は夢だよ」

「いいえ、夢なもんですか。ここへ來る時はおあいちゃんと、おかあさんもついて來てくれて、三人で自動車に乗ってから、何處だか知らないけれど、兩側に樹があって、道が暗くなったところを馳けぬけたと思うと、その道が少し坂になってたんですけれど、坂を下りかけた拍子に、片方の崖から白い猫が自動車の窓に飛びついて來ましたの」

　おれいは段段早口になって、聲も上ずって來るらしかった。

「それっきり私なんにも解らなくなって、氣がついて見たら、ここに寝てたんですの。ふっと目を開いて見たら、ここの院長さんなんですの、青い顔をして、そら、よく耶蘇の繪《え》にあるでしょう、磔《はりつけ》の柱の上で殺されている、あの怖い顔そっくりなんでしょう。私どうしようかと思いましたわ」

　私は、五十錢銀貨を五つ紙に包んだのを、おれいの枕許において、その病室を出た。

中庭の芝生の枯れかけた葉が黒ずんで、空は雲をかぶったまま、暮れかけて來たらしい。さっきの廊下に曲がる角で、出合い頭に變《へん》な男に會《あ》った。病院の白い著物《きもの》を著ているんだけれど背中が曲がって、頸《くび》も片方の肩にくっつく様に曲がって、そうして白眼勝ちの恐ろしい目で、私の顔をぎろりと見た。

私はぎょっとして、一寸立ち竦《すく》みそうになった。すると、その男は、急に顔を和らげて、丁寧にお辭儀をして、行き過ぎた。何か恐ろしい前科のある人が、救われてこの病院に奉仕していると云う様なことを、私は考えずにいられなかった。

その男が行ってしまった後は、また長い廊下に人影もなかった。滅多に見舞に來る者もないらしい。それとも、私の來た時刻がいけなかったのか知ら。私は、何だか後からついて來るものを逃れるような氣持《きもち》になって、廊下から玄關に出た。

途中で日が暮れて、急に明かるい灯の列《なら》んでいる街に歸ったら、不意に身ぶるいがした。

夕方に吹き止《や》んだ風が、夜中にまた吹き出す。私は、その前にきっと目をさましている。しんとした窓の外の、どこか遠くの方で、何だかわからない物音がする。ことりと云うただ一つの物音が、狙いをつけた鐵砲《てっぽう》の彈のように、眞直《まっす》ぐに私の耳に飛んで來る。それが風の先驅《さきがけ》なのである。さあと云う高い音の聞こえた時には、風は私の寢ている頭の上の空に來ている。そうして、窓をどんと押すのである。私は息も出來ないような氣持になって、しかし、耳は益《ますます》冴えて來る。隣りの露地の戸に取り附けてある鈴が、澄み渡った音を立てて、ちりんちりんと鳴り響く。その響の尾を千切るように、直ぐまた次の風が吹いて來て、前よりも一層鋭い音をたてる。おれいは私の別れた女である。寧《むし》ろ私をすてた女である。しかし、そうなる後先の行きさつを、今から思い返して見れば、女としては仕方のない道だったかも知れない。又、私をすてたと云っても、彼女はすぐに再び藝妓に出たのである。そうして、今は施療の病院に夭《よう》死《し》を待っている。あの大きな病室の中に、枕をならべた大勢の病人の中で、ただ一人だけ、際立って美しかったおれいの顔を、私は今思い出すのである。その俤《おもかげ》は私に懷《なつか》しく、しかしどうかした機《はず》みに、また云いようもなく恐ろしかった。

病院の玄關に立ったけれど、矢っ張り何人もいなかった。勝手に上草履《うわぞうり》に穿きかえて、長い廊下を傳《つた》って行った。薄曇りの空が重苦しく垂れて、廊下の兩側の中庭は、汚れたように暗いのに、廊下の床板には不思議な光りがあった。その照り返しで廊下は明かるい筒のように、向うの果てまで白ら白らと光った。そこを歩いて行くものは、私の外《ほか》にだれもいなかった。私は水を浴びるような氣持がして、ひとりでに足が早くなった。

おれいの病床の傍に、五十位の口の尖《と》がった大男が立っていた。私の這入るのと入れ違いに出て行くのを見たら、片方の足がひどい跛《びっこ》だった。

「どうもすみません」とおれいが靜かな調子で云った。「少し落ちついて來ましたの」

「そう、それはよかったね。熱が下がったのかい」

「そうらしいんですの。でもね、まだ御飯は運んで頂いてるんですけれど」

「ほかの人は自分で食べに行くのか」

「いいえ、自分で御膳を貰って來るんですわ。この部屋の人、大概《たいがい》みんなそうですよ」

「だって熱のある病人なんだろう」

「でも、それは仕方がありませんわ。どこか遠くの方で、じゃらん、じゃらんと云う鉦《かね》が鳴り出しますと、ここに寢ている人がみんな、むくむく起き出して行くんですよ」

「おれいさんには、だれが持って來てくれるんだい」

「看護婦さんの事もありますけれど、大概は男の人で、それや迚《とて》も怖い人なんですの、猪頸《いくび》で、背蟲《せむし》で」

暫らくして、おれいは變な事を訊き出した。

「ほうと云う字があるでしょう」

「どんな字だ」

「そら、お稻荷さんなんかによくあるあの、そら、たてまつると云う字だわ。その下に、やすと云う字は何の事なの」

「奉安かい」

「それは、どう云う事ですの」

「安んじ奉る。それだけじゃ解らない。どこでそんな字を見たんだい」

「昨夜ね、御不浄に行った歸りに、廊下を一つ間違えたらしいの、そうしたら、そんな事を書いて、その下に室と云う字を書いた看板の出ている部屋がありましたの。中に灯《あか》りがついて、綺麗に飾ってあるから、何かしらと思ったんですわ」

私は默っていた。屍體《したい》收容室の事を云って居るに違いなかった。

「さっきの人はだれだい」と私は話を變《か》えた。

「あの人ね、高利貸なのよ」

「お客なのか」

「ええ、そうですの、でもあんな商賣の人って、案外親切なものね」

「そうかも知れないね」

「お金を十圓置いて行ってくれたわ。要《い》る事もないんですけれど」

おれいは、一寸暫らくの間、この病氣に特有の咳をした。それが靜まったと思うと、じっと眼を閉じて、默っている。乾いた瞼《まぶた》の裏に、目の玉のぐりぐり動いているのが、はっきりと見えた。

おれいは、目を開いて、

「どうも私、この頃不思議な事がありますのよ」と云った。「耶蘇を信心する所爲《せい》かも知れないけれど」

「耶蘇教を信仰し出したのかい」と私は驚いて尋ねた。

「ええ、まだよく解らないんですけれど、何だか有りがたい御宗旨のようですわね」

「何だか、おれいさんは馬鹿に怖がっていたんじゃないか」

「それはね、怖いには怖いんですけれど、ここの院長さんは、矢っ張り耶蘇なんですよ。院長さんて、そりゃ迚も怖い方なんです。口で仰有る事は、やさしい事を云うんですけれど、その聲が怖いんですわ。何だか私、聞いてると身がすくむようよ。こないだもね、私のところにいらして、さあさあ、もう心配する事はない。われわれが眞心をもって、看病して上げる。信じなければいかん。早くよくなる。じき樂《らく》になる、と云って、いつまでもじっと傍に立ってるんですもの。院長さんも肺病なんですって。だから青い顔して、咳ばかりして。時時《ときどき》この廊下の外にテーブルを持って來て、演説なさるわ」

おれいは段段せき込んで話し出す。

「そのお話を聞いて、後でお祈りなさるのよ。ですから、この病室の人は大概みんな信者ですわ。そのお話し、私にはよく解らないんですけれど、それでも、伺ってるうちに、段段有りがたくなって來るらしいわ。この部屋の人が、あとでみんな聲をそろえて、お祈りの事を云うんでしょう。アーメンと云うのは私だって云えるけれど、でも、その後で咳き入る人が隨分ありますのよ」

「そんなに、話しつづけると後でつかれやしないか」と私が心配して云った。

「ええ、でも何だか不思議なんですもの、それ以來、私、こう目をつぶっていても、いろいろの物が見えるらしいのよ。指を幾本か出して、目蓋《まぶた》の上に持って行くと、ちゃんと、その數《かず》だけ、指の形が見えるんです。奇蹟と云うのでしょうか」

私は、憑《つ》きもののする話を思い出して、ぞっとした。

「そんな馬鹿な事はないよ。變な事を考えてはいけない」

「そうでしょうか、私はなんにも解らないんですけれど」と云って、おれいは、また目をつぶった。

そうして、いつまでも默っている。

目蓋の裏から、私の顔を見ているつもりかも知れない。この女の事だから、本當に見えるのかも知れないと思ったら、私はそこに立っているのが恐ろしくなった。

私は、おれいの病氣の程度を知って置きたいと思ったから、歸りに玄關脇の事務室に這入って行って、係りの御醫者に會いたいと頼んだ。

廣い事務室の中には、片隅の机に、若い美しい女が一人いるきりだった。その女が起ち上がって、壁の時計を見ながら、今、回診《かいしん》が始まったばかりだから、相當時間がかかると思うけれど、かまわなければ、向うの部屋で待って居れと云って、私を應接室に案内してくれた。

私は應接室で長い間待っていた。壁と窓ばかりの、がらんとした部屋の中に、晩秋の冷氣が隅隅《すみずみ》に沁《し》み込んでいるらしかった。邊りに何の物音も聞こえなかった。この病院の患者達は、いつ迄もただ默って寢ているきりで、癒《なお》ると云う事もなく、また死ぬ事もないのではないかと云う様な、取り止めもない事を考えかけて、ふと私は、さっきおれいの云った奉安室の話を思い出した。そうして、おれいが、綺麗な部屋だと云ったのは、どんな風に飾ってあるのだろうと想像して見た。しかし、私の考えは、何のまとまりも附かなかった。それから、いつ迄も物音のしない部屋に一人いて、いろいろの事を思い出しそうで、特におれいとの以前の事など思い出しそうで、ただいつまでも何となく落ちつかない氣持がするばかりであった。窓の傍に起って、外を眺めても、どんよりと曇った空には、雲の動く影もなかった。

いきなり扉があいて、びっくりする程、脊《せ》の高い男が這入って來た。恐ろしく大きな顔で、額が青白くて、目玉が光っている。私の顔を見ると、急に目の色を和らげて、一寸會釋《えしやく》したまま、默って出て行った。頬にも口の廻りにも、同じような鬚《ひげ》が生えていた。

すると、入れ違いに、扉を敲《たた》く音がして、女のお醫者らしい人が這入って來た。

「お待たせ致しました。私が副院長で御座います」と云った。

小柄で、顔が引締まっていて、白い著物がよく似合った。私の話をきいて、

「本當にお氣の毒で御座います。おとなしい、內氣の方のようで御座いますから、なんにも仰しゃいませんけれど、まだお若いのにお可哀想で御座います。もうあの程度までに進んでしまいますと、後はただ時日の問題だけになりますので、こんな事を申《もうし》上げては如何か存じませんが、せいぜい後一月もどうかと思うので御座います」

「先程見舞ってやりましたら、今日は大分いい様な事を云って居りましたが、そうでもないのですか」

「いいえ、ちっともおよろしいどころでは御座いません。どうも、こちらに入《い》らっし

ゃる方は、みんな餘《よ》っ程《ぽど》惡くなってからでないと、養生のお出來にならない様な事情の方が多いのでして、それに、男子の方には、一時は輕くなって、一先《ひとま》ず御退院なさると云う様な方も御座いますけれど、女の方でそう云う場合は、まあ殆《ほとん》ど御座いませんですね」

「食べ物は食べられるのでしょうか」

「お熱がおありになりますから、おいしくは召上《めしあ》がれないと思いますけれど、何でも欲しいと仰しゃる物でしたら、差上げて頂きたいと思います」

私は、慌《あわただ》しい氣持がした。その部屋を辭して、一旦玄關に出てから、また病室の方に引返して行った。

「あら」とおれいは云って、不思議そうに私の顔を見た。

「一寸思い出して歸って來たんだけれど」と私は困惑しながら云った。途中から引返したにしては、餘り時間が經《た》ち過ぎている。しかし、そんな事を問い返す女ではなかった。

「この次《つ》ぎ來る時、何かおれいさんの欲しいものを持って來て上げようと思ったのだ」

「まあ、そんな事、すみませんわ、別に欲しい物ってないんですもの」

「でも何か云いなさい」

おれいは暫らく默っていた。じっと目をつぶっている。

「蜜柑と、それからカツレツが食べたいと思う事がありますけれど、蜜柑は、この病院の男の人が、みんなの使《つかい》に行って、買って來てくれますの」

遠くの方で、じゃらん、じゃらんと云う締《しま》りのない鉦の音がした。

「あら、もう御飯ですわねえ」とおれいが淋しそうに云った。

氣がついて見ると、外が薄暗くなりかけている。

部屋の中に、光りの弱い電燈が、一時にともった。その灯りの下で、今まで、じっと寢ていた病人達が、むくむくと起き上がって、みんな申し合わした樣に、一先ずベッドの上に腰を掛けて、それから、そろそろと辷《すべ》る樣にベッドを下りて來た。そうして足音もなく入口の方に歩いて來る。入口に一番近い所におれいのベッドがあって、そこに私は立っているのである。私は、急いでおれいに、また來るからと云い殘《のこ》して外に出た。廊下の兩側が、何となく、ざわめいていた。病人の群の歩く足音かも知れない。私は、門を出てからも、暫らくの間は、おれいの病室のベッドとベッドの間を列んで動き出した病人の姿と、その中にじっと寢たままでいるおれいと、もう一人おれいの列の奥の方のベッドにいた病人の姿とが、目の前をちらついて、消えなかった。

郊外電車の驛《えき》のある町の入口で、暗い道の端を傳うように歩いて來る男と行き合った。その男は大きな包みを抱えて、片手に棒切れのようなものを持っているらしかった。私は擦れ違う拍子に、その男の頸の曲がっている事を認め、すぐに病院の例の男だと思った。無氣味な白眼が、暗い所でも、はっきりとわかる樣な氣がした。

私は二三歩行き過ぎてから、すぐに氣がついて、その男を呼び止めた。

「一寸、もしもし」

その男は、いきなり立ち止まったきり、一寸の間身動きしなかった。それから、急

に振り向いたかと思うと、

「へい、お呼びで」と云いながら、迫る様にこちらへ近づいて來た。何だか、その身體《からだ》の動かし方が、獸の樣で無氣味だった。

「病院の方《かた》ではないのですか」

「左樣で御座います」

勘高い張りのある聲で、切り口上の口を利いた。

「何か御用で」

「これから病院に歸るのですか」

「左樣で御座います」

私は、おれいに蜜柑をことづけたいから、持って行ってくれないかと賴んだ。男はすぐに承知して、私と一緒に店屋のある方まで引返して來た。

「旦那はあの方の御親戚でいらっしゃいますか」

「親類と云うのではないけれども、まあ身寄りのものです」

「左様で、どうも誠にお氣の毒な方で御座います。この二三日またお惡いようで、昨晩など隨分心配いたしました」

「昨夜どうかしたのですか」

「へい、御存知御座いませんですか。夜遲く急に廊下をお歩きになりまして、手前がお見かけしたものですから、病室にお連れしようと致しますと、基督《キリスト》様を拜むのだからと仰しゃって、手前を押し退ける樣になさるのですが、どうも大變な力で、どこからあんな力が出ますか」

私は、蜜柑を託して、その男と別れてから、歸る途途《みちみち》、昨夜の話を思い出す度に、身ぶるいがした。私には、あの病院が無氣味になって來た。そうして、その中に寢て、不思議な勘違いをしているおれいの事を思うと、なお一層、恐ろしい氣持がした。

この頃毎日夕方に風が吹いて、じきに止んでしまう。風の止んだ後が、急に恐ろしくなって、部屋の中に身をすくめた儘《まま》、私は手を動かす事も出來ない。しんとした窓の外を人が通る時は、閉め切った障子を透かして、その姿がありありと見える。静まり返った往來に、動くもののない時は、道を隔てた向うの土塀が、見る見る内に、私の窓に迫って來る。

私は、はっと氣がついて、己に返る。すると自分の中年の激情が、涸《か》れつくす迄も愛した事のあるおれいの、今の青ざめた顔が目に浮かぶ。私はすぐにもおれいに會いたくなる。

電車から降りたところの肉屋で、カツレツの柔らかいのを一片揚げさして、すぐ食べられるように、細かく庖丁を入れて貰い、經木《きょうぎ》で包んだ上を、新聞にくるんで、その包を懐の肌にじかにあてて、溫《ぬく》もりがさめない様にして私は病院に急いだ。午飯に間に合うようにと思ったのだけれど、或《あるい》は少し早過ぎたかも知れない。晴れ渡った空に、遅い渡り鳥の群が低く飛んでいる。

私は廊下を傳って、その四辻を、いつもの通り、左に曲がろうとした。すると、そちらの廊下に、大勢の病人が、椅子に腰をかけたり、しゃがんだり、中にはその上に寝たままの寢臺《しんだい》を入口から半分ばかり引張り出したりしている。そうして、その廊下の突き當《あた》りには、いつぞや應接室で顔を見た脊の高い男が、テーブルを前に置いて、立っている。何か話しているらしい。院長さんに違いない。院長さんが、說教しているところだろうと思ったから、私は遠慮して中に這入らなかった。

間もなく院長さんは、テーブルの前に腰を掛けた。そうして、その上にある痰壺のようなものを手に取った。院長さんは咳をしている。その間、廊下にいる病人達は、默って身動きもしないでいる。廊下の外の中庭には、秋の陽が、さんさんと照っている。それから、また院長さんが起ち上がった。力のない聲の響が、その廊下の角になった所に立っている私にも聞こえて來た。

「それで皆さんはどう思う。お金はないのだ。有っただけは、みんなお米に代えて、みなし兒《ご》に食わしてしまった。もうお米もない。一粒もない。明日は、明日となれば、もう、いよいよだ。十人の孤兒に食わせる物がないのだ。餓え死だ。石井さんは十人の孤兒を連れて、操山と云う山に登って行った。山は天に近いのである。自分達のお祈りの聲が、少しでも神様に近く聞こえるように、と石井さんは思ったのである。操山の頂で、孤兒達と共に、聲を合わせて、一心不亂《ふらん》にお祈りをする。最早神様におすがりするより外に道はないのである。しかしまだ奇蹟は現われない」

私の後《うしろ》で、人の氣配がするから振り返ったら、頸の曲がった男が、私にお辭儀をしていた。副院長さんが、後でいいから、私に用があると云う言傳《ことづて》なのである。それから、この間の蜜柑を持って歸ったら、おれいが非常に喜んだと云う事を附け加えて、さもさも古くからの知り合いである様な態度で私に話しかけた。

私は、今こうして待っている内に、その用事を聞いて置こうと思って、すぐに副院長のところへ行った。

「先程入らしたところを、お見受け致しましたので、一寸お耳に入れて置きたいと存じまして」と副院長は云った。おれいの容態は益よくない。今日明日のうちにも、重症患者の部屋に移さなければなるまいと思っている。就《つい》ては萬一の急變のあった場合、病院の保證人《ほしょう》になっている抱え主と姉の許には勿論知らせるけれど、外に身寄りもない様だから、差支《さしつかえ》なければ私の所にも知らせようか。病院としては、電話の連絡が出來れば、そう云う場合、出來るだけ早く來られる人に來て貰いたいのだ、と云う話であった。

私が、取次の電話の番號《ばんごう》を紙片に書いている時、遠くの方から、低い合唱の聲が聞こえて來た。それは直ぐに止んで、それからお祈りの聲が、廊下を溢れる様に流れて來た。

私は、自分の體溫《たいおん》と同じ位になったカツレツの包を抱いたまま、おれいの病室に行った。もう院長さんのお話は終《おわ》って、廊下の病人もみんな自分達の部屋に這入っていた。

おれいの目は光っていた。

「今お祈りがありましたの」と云って、何か口ずさむような様子をした。

「私、初めは、もう一度だけでいいから、よくなって、この病院を出たいと思っていましたけれど、今は、もうこの儘死んでもいいと思いますわ」

「そんな事を云ってはいけない。早くよくなるつもりで元氣を出さなければ駄目だ」

「いいえ、私もうちっとも怖くないいんですの、天國と云うところが解って來ましたの」

「僕は今日カツレツを持って來たんだよ。さめるといけないから、懷の中にしまってあるんだ」

「まあ」と云って、おれいは素直に笑った。

「本當にすみません。でも少ししか頂けないから、つまんないわ」

「あんまり食べすぎて、お腹をこわしても困るから、少しの方がいいだろう」

「でも折角頂いたのに」

私は懷からカツレツを出して、温かい包のまま、おれいの手に握らせた。

「今度は、さめない様におれいさんの蒲團《ふとん》の中に入れておきなさい。熱があるから、きっと僕より溫まるよ」

しまった。

「本當ね」と云って、おれいは美しく笑った。そうして、その包を布團《ふとん》の中に入れてしまった。

いつぞやの小さな看護婦が來て、私に、

「恐れ入りますが、一寸」と云った。

一緒について出ると、廊下の角の所で看護婦は立ち止まって、

「あの、先程副院長先生が申し忘れましたけれど、今日は患者さんとのお話しを、なるべく短くして頂くようにと、そう申上げて來いと云われましたので」

「ああそうですか、解りました。大分わるい樣なお話しを、さっき伺ったのです」

「本當にお氣の毒で御座います」

そう云って、看護婦は向うへ行ってしまった。

私は一旦病室に引返して、「何だか歸りに受附に寄ってくれと云うんだから、もう行くよ」と云って、その儘、廊下に出てしまった。

「そう、どうも」と云う微かな聲が、後《うしろ》に聞こえた。

長い廊下を歩いているうちに、私は涙が眶《まぶち》をこぼれそうになった。まだ、玄關まで行かない時、食事の鉦が、じゃらん、じゃらんと聞こえて來た。

寒い雨の降り出した午後、私は自動車で病院に行った。

その日のお午前《ひる》から、曇った窓の外に、おれいの氣配がするらしく思われて、じっとしていられなかった。

自動車は、田舎道の凹みに溜まった雨水を、濡れた枯草の上に散らしながら馳《はし》った。所所《ところどころ》にある森が、邊りの雨を吸い取って、大きな濡れた塊りになったまま、ゆらゆらと搖れていた。

病院の長い塀にさしかかった時、私は不思議な氣持がし出した。自動車が急に曲がって、雨に洗われた砂利の上を、門の中に辷り込んだ拍子に、向うのぱっとした、明かるい光の中に飛び込んだような氣がした。

病院の中は暗かった。玄關の衝立の陰には、晝《ひる》の電燈がともっていた。

式臺を上がった所で、頸の曲がった男と顔を合わせた。

「降りますのに、大變で御座いますね」と云って、白い眼で私の方を見上げた。「病室をお移りになりましたが、お解りでしょうか」

「いやまだ知らないのです」

その男は、どう云うつもりか、わざとらしく、玄關前の植え込みに降り灑《そそ》いでいる雨の脚を眺めた後、こちらに向き直って、

「それでは、手前が御案内いたしましょう」と云った。

そうして、私と竝んで、背中を曲げて歩き出した。

「御心配で御座いましょう。全くお可哀想で、あの寢臺から落ちられた話は、御承知で御座いましょうか」

私は、はっとして、顔の色の變ったのが、自分でわかる様な氣がした。

「それは、いつの事ですか」

「はい一昨晩の、まだ宵の口で御座います。いきなり御自分のベッドの上に起き直って、

それから、そろそろとお立ちになったそうですが、同室の人が見て居りますと、妙な手つきで、胸に十字を切って、そうして、ふらふらとベッドの上を歩き出されたと思ったら、もう床板の上に落ちて、氣を失って居られたそうで御座います。何しろ重患の人ばかりなもんですから、それを見ていても、すぐに馳けつけて先生方にお知らせする事も出來ませず、一時は大變な騒ぎだったそうで御座います。知らせがありましてからは、すぐに手前も馳けつけまして、ベッドの上には手前がお寢かせしたので御座いますが、どうも何か、エス様のお話しを聞き違えていらっしゃるらしいとか、先生方の御話しで御座いました。昇天でもなさるおつもりではなかったか知らと云う様な事を、皆様で御話しになっていらっしゃいました。それにお熱も御座いますし、全くお氣の毒に存じます」

以前の病室に曲がる四辻を通り越して、ずっと奥まった片側に、重症患者の病室はあった。

「こちらの端のお部屋で御座います」

「どうも有り難う。又病人がいろいろ御手数をかけて、本當に申しわけありません」

「どう仕りまして。それでは、これで御免蒙《こうむ》ります」

私は、この變な男に抱き上げられているおれいの姿を思わず心に描いて、慌てて塗り消した。

今度の部屋は、小さくて、ベッドは四つしかなかった。窓際にあるおれいのベッドの傍には、年を取った附添の女がついていた。

私は他の病人に會釋して、這入った。重症と云っても、みんな顔附は左程《さほど》でもなかった。おれいも今の話の樣な事があったにしては、あんまり變っていなかった。

「どうも、有りがと。今度はこっちにまいりましたので」と云って、おれいは一寸笑った。

「今度は上等だね」と私も笑った。「こないだは危かったそうじゃないか」

「ええ、皆さんに御心配かけちまって、私、いろいろ考えているんですけれど、なんにも知らないものですから、死ぬまでに考えきれるか、どうだかわかりませんわ」

「考えるって、何を考えるんだい」

「それが、何ってはっきりわからないんですけれど。でも私、今まで間違っていたと思いますわ。院長先生は、エス様の假《か》りのお姿なのよ、きっと。私がエス様の事を思ってると、いつでも、きっとなのよ、院長先生が、窓からお覗きになるんですもの」

「そうかも知れないけれど、おれいさんは昔からよく信心してたんだから、エス様も外の神様もおんなじ事なんだから、あんまり考え過ぎて、迷ってしまってはいけないんだよ」

「そうですわねえ。それで私、院長先生にお話しする事があるんですの、毎晩毎晩猫が鳴くんですもの。きっとあの白い猫が鳴くんですわ。何だって私、目をつぶっててもはっきり見えるんですのに、あの猫だけは、どこに隠れて鳴いてるのか知ら」

「それで一寸しばらくお話しをよしましょうね。後でつかれて苦しくなるといけませんからね」と附添の女の人が云った。

「ええ」と云って、おれいは、おとなしく目を閉じた。しかし、すぐにまた開けて、私の顔を見ながら、「カツレツおいしかったわ。でもほんのちょっぴり」と云って、また目をふさいだ。

そのうちに、おれいは、眠りかけたらしい。聞いている方の自分が息苦しくなる様な、速いおれいの息遣いを聞きのこして、私は病室を去った。

十二月二十五日、小春のようなクリスマスのお午におれいは死んだ。附添の看護婦に蜜柑の皮をむいて貰って、半分食べた儘、死んだそうである。

急變の知らせを受けて、馳けつけた時は、間に合わなかった。おれいは奉安室に移されていた。

掻痒記

大學を出てから、一年半ばかり遊食した。既《すで》に妻子があり、又老母の外《ほか》に祖母も健在であった。友人と散歩から別れて歸《かえ》る時など、よく「それでは左樣なら。ぼそぼによろしく」と云《い》う挨拶を受けた。お母さんによろしくだけでは足りない。お祖母さんにもよろしくと云うのを詰めて、そんな事を云うのである。子供は二人であり、その外に子守を兼ねた女中が一人、いたりいなかったりした。

そう云う大家族を率いて、遊食する程の資があったわけでもなく、又丸っきり無かったのでもなく、丁度無くなりかけた、あぶない加減のところであった。子供の時は金持《かねもち》であった事を覺《おぼ》えているし、その後貧乏して、小さな家に移ったりしたけれども、學資には事を缺《か》かず、尤《もっと》もしまい頃は大分あやしくなっていた樣にも思った。その頃合いが、私にはよく飲み込めないものだから、案外平氣でいられたのかも知れない。

お蔭で卒業後の一年有半を安閑と過ごし、後年の大貧乏の礎石を築いた。

そうそう毎日就職の依頼に出かける先もないので、洋書を飾った書齋に坐り、尤もらしく新刊書を繙《ひもと》いたけれど、勉強が足りないのでよく解《わか》らなかった。原稿料を稼ぐために、翻譯《ほんやく》をしようと思って机に向かうと、まだ始めない内から欠伸《あくび》ばかり出て、しまいには、ただ翻譯の事を考えるだけでも欠伸が止まらない様になった。それで翻譯も物にならず、うつらうつらと日を暮らした。

頭の方方《ほうぼう》が無暗《むやみ》に痒くなって來た。

遊食一年半の初めの內は、駒込《こまごめ》曙町の新築の借家に住んだ。その當時《とうじ》はまだ母祖母と上の男の子は郷里にいて、私と妻とその下の女の子と、それから郷里の町内から東京に出て、女學校に上がっていたお貞さんと、女中とでその借家に這入《はい》った。脊《せ》の高い老婦人が玄關《げんかん》前の庭に起《た》って、造作の事や、庭樹の世話などをした。その家は、森鷗外さんの弟さんの持ち家で、その方は京都に住んでいるので、お母様が東京の借家の世話をして居られるのだと聞いた様に思う。だから、その老婦人は鷗外博士の御母堂なのである。いくらか敬虔な氣持《きもち》でその借家に這入り、二階から南の空を眺めると、長い秋雲の向《むこ》う側が、晴れたなりに何處となく暗く思われて、郷里の事や、これから先の東京の生活が氣がかりになった。

頭の痒いのは、新建てで壁が乾いていない爲だと云う者があった。眠っている間でも、夢中で頭を掻きちらし、朝になって見ると、枕のまわりに、夜通し挘《むし》り取った髪の毛が、掃き集める程散らばっていた。

起きている時でも、どうかした機《はず》みで、頭の方方が痒くなって來た。痒いところは無暗に痒くて、引っ掻いても、叩いてもまだ氣がすまない。いらいらして、片づかない氣持の持って行き所がなかった。それで屢《しばしば》、家内喧嘩が起こった。

引越しの時に頼んだ掃除町の運送屋が、落ちついた後でも時時《ときどき》遊びに來た。昔風の官員髭を生やして、ぴんと跳ね上がった尖《さき》を捻りながら、私の顏を見て、

「旦那、遊んでてはいけませんや。そりゃ、今日遊んでいられるちゅうな結構なこんだが、それじゃ濟みますまい」と云った。親切な性質らしいので、時時話しに來ては私を激勵《げきれい》する傍ら、どうかすれば、就職の世話でもするつもりかも知れなかった。

まだ郷里にいた時分、私は中學の二年か三年の頃から高等學校時代にかけて、家にさえいれば琴ばかり彈《ひ》いていた。中學を卒業する前に、家が貧乏して酒屋を止《や》めたので、町内の借家に移って住んだ。その隣《とな》りの荒物屋が、ずっと以前に私の家からお金を借りた儘《まま》になっているとかで、その内に私の方が貧乏したから、月月少しずつでも返すと云う様な話があったらしい。しかしそれもうまく行かなかった様である。荒物屋さんは家内じゅう救世軍なので、或る時御主人が私の家に來て、こんな事を云い出した。

「いろいろこれから先の事もお困りのことと思うが、幸い榮さんは大變《たいへん》音樂がお好きの様だから、いっその事、學校を止めて音樂の方で將來身をたてる様になさっては如何です。お世話をするのも、御恩報じの一端と思うから、私の傳手《つて》で賴《たの》み込んで、榮さんが救世軍の音樂隊に這入られる様に話しましょう」

私は驚いて、祖母から丁寧にことわって貰った。運送屋もそれとなく私の就職口を心掛けてくれるらしいので、私は有り難く思いながら、同時に警戒した。

日記の間から、運送屋のくばった散らしが出て來た。「引越の荷もつは尾張屋にかぎる、おわしがやすくて第一しんせつです尾張屋には大工を置《おい》て引越の時には其大工が戸のいのかんのや又たな板を無料でなおしてくれる大家さんにたのんでもすぐには直らん尾張屋は勉強です引越がおそいと其《そ》のばんにこまるなにほどとおくても午後二時までに荷物を尾張屋は屆《とど》けるから引越の爲にあしたはやすむと云う事がありません全く尾張屋は勉強です是非一度たのんでごらんなさい」

大工を置いて、戸のいのかんのを直してくれるわけではなく、口髭の生えた亭主が、自分で鋸《のこぎり》や金鎚《かなづち》を持って來るのである。

曙町の家は、秋のあらしが吹き荒れる夜は、二階がゆさりゆさりと動くので、臆病な私は落ちついて寢ていられなかった。夜中に起きて見ると、又頭の方方が、氣が違う程痒くなった。搔くと、雲脂《ふけ》の塊まりの樣な小さな瘡蓋《かさぶた》が落ちて、その後が少し濡れている樣であった。友人が、君は頭を不潔にするから、そんな事になるんだ。しょっちゅう髮を洗いたまえと云うから、頻《しき》りに頭を洗ったけれど、益《ますます》痒くなるばかりで、頭の地の方方に、小さなおできの子の様な物がひろがったらしい。誰かがそれは濕疹《しっしん》と云う物であって、濕疹を洗ってはいけないのである。洗うとその度にひろがるから、乾かすに限ると教えてくれた。洗わない養生法の方が、不精者には適するので、今度はその儘にほうっておくと、頭の痒さは言語に絶する様になった。しまいには、自分で掻いたのでは、いくら掻きむしっても蟲がおさまらない。どうしても人に掻いて貰わなければ、承知出來なくなって來た。妻は初めから逃げを張り、女中には云いにくいし、子供は小さくて役に立たないのである。するとお貞さんが、無茶苦茶なところがあって、その役目を敢然と引き受けてくれた。

私が新聞をひろげて、兩手で顔の前に受けていると、お貞さんは後《うしろ》に廻って、私の頭を縱横無盡《じゅうおうむじん》にひっぱたいて、掻き廻した。自分の頭が三角になる様で、私は痛快の感に堪えない。いつまで經《た》っても、もういいと云わないから、いつでもお貞さんの方で切り上げた。

段段、頭の地が盛り上がって來て、人の目にも解る様になった。

運送屋が來て、私の顔を見るなり、萬事嚥《の》み込んだ様な事を云い出した。

「だから云わないこんではない。なんにもしないで、ぶらぶらしていなさるから、そら、退屈するからつい惡遊びをする。旦那、そりゃまあ、遊んでるうちは癒《なお》りませんや」

そんな覺えはないと云っても、運送屋は承知しなかった。

身體《からだ》の大きな女中が、夜遲くなって、何だかお勝手のところで、ことこと云わしていると思って、妻が覗いて見たら、毎朝顔を洗う金盥《かなだらい》に藥を入れて、膝頭の大きな腫物を洗っていたと云うので、氣味が惡くなり、間もなく歸してしまった。

家の中じゅうおできだらけになる様な、いやな氣持がした。

その次に來た女中は、顔が長くて肌理《きめ》の美しい女であった。段段に顔色がわるくなり、時時《ときどき》部屋の隅で考え込んだ。荒い絣《かすり》の著物《きもの》を著た男が、一二度訪ねて來た。その後で女中が泣いていた事がある。夜中に庭を歩いているのを妻が見たと云って、氣味を惡がり出した。間もなく身持ちだと云う事が解って、暇を取った。

その後に、伊豆の伊東から、可愛い十四五の女中が來た。私が外から歸っても、知らん顔をしているので、お歸りなさいませと挨拶をしなければいけないと、妻が教えたのである。ある時、私が外から歸って、二階の書齋に坐っていると、その女中が梯子段《はしごだん》を上がって來て、襖を開いて手をついた。

「旦那様、お歸りなさいませ」

私が驚いて、どうしたのだと尋ねたら、

「先程旦那様のお歸りになりました時は、憚《はばか》りに居りました」と云った。

曙町の家には、厠《かわや》が一つしかなかったので、ある時私が這入ろうと思ったら、ふさがっていたから、その儘二階に上がって坐っていると、暫らくして、その女中が又襖の所に坐って挨拶した。

「旦那様、只今お憚りから出てまいりました」

そうして彼女はもう一度丁寧にお辭儀《じぎ》をした。

みんなで可愛がっていると、じきにその女中がまた暇をくれと云い出した。皆様が御親切にして下さるから、永くいたいと思うけれど、「麥《むぎ》めしと豚ばかりで、たべろと思えど食べられぬ。毎日毎日御飯が咽喉を通りませぬ」と云って、泣きながら、別れを惜しんだ。カツレツがきらいだと云う事に、こちらで氣がつかなかったのである。

それで曙町の女中は途切れてしまった。木曜日の晩に、早稲田南町の漱石山房で、津田青楓氏から、今度高田老松町《おいまつちょう》の家を引拂《ひきはら》うから、その後へ這入らないかと云われて、引越しする事にした。頭に一ぱいおできを載せたまま、掃除町の運送屋に荷物を運んで貰って、目白臺《めじろだい》に移り、郷里から母祖母子供を連れて來て、重苦しい遊食時代を現出した。むしゃくしゃする程、益頭の方は痒くなる様であった。自分の頭を物差しでなぐり、文鎮でこさげても、いらいらした氣持は治まらなかった。

あんまり髮の毛が伸び過ぎたから、猶《なお》の事我慢が出來ないのだろうと思って、散髮する氣になった。そのつもりで町を歩いたけれども、自分の頭のきたない事を考えると、床屋の前に起っても、中に這入る元氣が出なかった。

江戸川橋の近くの小さな床屋に、思い切って這入って行った。私の順番が來て、椅子に腰を下ろした時、前前から考えておいた事を、私は暗誦《あんしょう》する様に云った。

「少し、頭の中にでき物があるかも知れないから、氣をつけてやってくれたまえ。櫛なぞ別にして注意してくれたまえ」

職人は「はあ、はあ」と云ったきりで、格別氣にも止めなかったらしい。じょきき、じょきと刈り始めて、暫らくすると、急に鋏《はさみ》が動かなくなった。片方の櫛を持った手で、そっとかぶさった髪を搔き上げている。それから又刈り始めた。そうして刈り込んでいると思うと、段段鋏を淺《あさ》く動かして、その内に止めてしまった。そうして、默って向うに行った。

私は椅子の上に取り殘《のこ》されて、その座に堪えない様な氣持がした。だから初めに謝《ことわ》っておいたのにと思っても、その挨拶をもう一度繰り返すわけにも行かない。すると今度は親方の様なのが私の後に起った。何だか普通でなく、目に立つ程、腕まくりをしているらしい。そうして鋏を動かし始めたと思うと、又さっきの職人がそっと後に來て、親方の仕事著を引張っているのが、眼鏡を外して朦朧としている眼にも、鏡の中に見えた様に思った。

やっと終《おわ》って、おつむりを洗いましょうと云うのをことわり、早早に金を拂って表に出て、ほっと溜め息をついた。

家にいて、何をしても面白くもなく、第一、何をどうすると云う心當《こころあ》てがなかった。いつ迄もこうして、ぶらぶら暮らしていられる程の金は、もう家にはないのだと云う事を、時時病氣の様に思い出す。しかし外に出て、人の家に就職の口を頼みに行くには、頭の事が氣になった。當分人前には出たくなかった。そうして、ごしごし頭を搔きながら、相變《あいかわ》らず、うつらうつらとその日を暮らした。

その當時、書き散らした文章の一節に、こんなのがある。

——目がさめたら、窓はさっきよりは暗かった。日が高くなって、日向が外の所に廻ったのだろう。隣りの部屋で、人の話し聲《ごえ》が聞こえた。その聲で目がさめたのかも知れない。初めは何人だかよく解らなかったけれども、段段目がさめて、はっきりして來るにつれて、その聲はすぐに解った。運送屋の亭主である。目がさめた時には、こんな事を云っていた。

「十年損をしました。まあしかし、もうこうなった上は、親は子供の爲に犧牲になるべきものです」

私は運送屋が、また六《む》ずかしい事を云うと思って、聞いていた。けれどもそれまでどんな事を云っていたのか些《ちっ》とも聞いていないので、話の筋が解らないから、十年損をしたとか、子供の犧牲だとか云うのは、何の事だか見當がつかなかった。私は、朝になって又入れ換えてくれたらしい溫かい湯婆《ゆたんぽ》を蹠《あしのうら》にあてながら、ぬくぬくした寢床の中に首だけ出して、隣りの部屋の話しを聞いていた。

祖母と妻とが相手をしているらしい。時時子供の聲がその中に交じって聞こえた。

運送屋がこんな事を云う。「薄情な樣だが、家内には、また掛けがえと云うものがある。いや全くですよ奥さん。實《じつ》に薄情なことを云う樣だが、家内にはまた掛けがえと云うものがある。そりゃもうその通りのこんだ。然るに」

六つになる男の子が、頓狂な聲で尋ねた。

「運送屋の小父《おじ》さんが、いつかくれた金魚は、あれは男か女か」

「さあ、小父さんはもうすっかり忘れてしまいましたよ。随分ふるいこんだ」

「あのねえ小父ちゃん」と妹が口を出した。「あの金魚は、もうとっくに、甕《かめ》の中で死んでしまったの」

妻が二人に、あちらへ行って遊べと云っているらしい。運送屋は、あはあはと笑っている。

暫らくして祖母が「まあ、おいとおしやのう」と云った。

「ええ全くこの夏は泣きましたよ。工場を休んで居るわけに行かないから、出てると後から子供がよちよち、やって來まさあ。五つですからね。奴《やっこ》さんあぶねえ事もなんもお構いねえのだから、金物のかけらや、釘なんぞの散らばっている中を歩いて來まして、ね、一度は引っぺがした箱の蓋についてる釘の上に倒れて怪我をするし」――

頭の形勢が段段ひどくなるらしいので、到頭《とうとう》紹介を貰って、大學病院の皮膚科に出かけた。油藥の臭いが鼻をつき、廊下にも待合室にも、へんな顔をした、胸くその悪くなる様な患者が充満していた。つくづくこんな所をうろつくのを厭わしく思ったけれど、人が私の頭を見れば、おんなじ事だと思うと、情なくもあった。しかし兎《と》に角《かく》、きたない者が大勢集まると云う事は、よくない事であると痛感した。

診療室に入れられて、皮張りの腰掛けに腰を掛けた。邊りの物がみんな少しずつ濡れていそうで、汚くて身が縮まる様な氣がした。看護婦がぴかぴか光る鋏を持って來て、私の頭を刈り出した。非常に荒っぽく、やり方が痛烈を極め、髪の毛を切っているのだか、頭の地を剪《はさ》み取っているのだか、よく解らなかった。それが大變私の氣に入って、もっと深く頭の皮を剝いでくれればいいと念じた。

その後にお醫者《いしゃ》が來て、何だか冷たい藥を塗りたくり、一言も口を利かないで、又私の頭を看護婦に渡した。

看護婦がその上から、ぎゅうぎゅう繃帶《ほうたい》を巻いたので、すっぽり白頭巾を被った様な頭になった。巻き方が固くて、特に緣《ふち》のところが締まっている爲、何だか首を上の方に引き上げられる様でもあり、又首だけが、ひとりでに高く登って行く様な氣持もして、上ずった足取りで家に歸って來た。

頭が綺麗に包んであるので、寢る時はさっぱりした氣持であった。しかし枕にさわる工合は、何となく人の頭を預かっている様でもあった。

翌《あ》くる日の午頃《ひる》になると、繃帯の內側が痒くなって、どうにも始末がつかなくなって來た。上から引っ掻けば、益かゆくなる計りだし、その部分を捻ったり揉んだりするのも間接で、何の利き目もなかった。拳固《げんこ》をかためて、繃帯の上から頭を毆《なぐ》りつけ、まだ駄目なので、ふらふらと起ち上がって、床柱《とこばしら》の角に、自分の頭をどしんどしんとぶっつけた。

郷里から新さんと云う老人がやって來て、逗留《とうりゅう》した。暫らくの間、祖母の話し相手になって貰うと云うつもりであったが、實は毎晩私と酒を飲んで醉《よ》っ拂《ぱら》った。新さんは昔町內の夜鳴き饂飩《うどん》で、それから油賣りもやり、小さな手車を輓《ひ》いて歩いた。又俥《くるま》屋にもなって、私の父を方方の料理屋やお茶屋に送り迎えをしたらしい。父のお氣に入りで、殆《ほとん》どお抱えのようになっていた様である。私が五つか六つの時、ごわごわした袴を穿かされて、紋附の揃いで、父の代理に市中の年賀に廻らされた事があるそうである。俥は勿論新さんの俥で、行く先は新さんが心得ていて、その家の前に停まると、新さんが私を抱き下ろし、私がお辭儀をして來ると、又新さんが抱き上げて、俥に乘せて次の家に走った。

その當時の寫眞《しゃしん》に、私が鉢植えの菊の花と竝《なら》んで寫《うつ》っているのがある。頭はおけしで、菊の方が私より脊が高いのである。しかし、きちんと袴を著《つ》けて、口を尖らしている。その尤もらしい様子が自分で見てもあんまり可愛らしくない。

そう云う因縁の老人と私は、毎晩盃を交わして、殆ど毎晩醉っ拂った。何を話し合ったか解らないが、話しが合うと見えて、いらいらする頭を、繃帶の上から毆りながら、談論風發《だんろんふうはつ》、盃を重ねて夜の更けるのを知らなかった。

私と一緒に學校を出た友人は、仙臺や名古屋の高等學校の先生になって赴任した。私も自分の出た岡山の高等學校にきまりそうな雲行きでもあったが、結局そのまま立ち消えになった。生徒だった當時、生田流の琴と俳句とに身を入れ過ぎて、學校をなまけ、三年生の時は殆ど毎朝遲刻したので、そう云う舊惡《きゅうあく》が邪魔になったのかも知れない。遲刻したのは、私の家があまり學校に近すぎた爲で、學校の構內にある寄宿舍の遠い部屋から教室に出て來るよりも、私の家の方が近かった位である。だから一たび遲くなった以上は、道を急いでその時間を取戻すと云う事が出來ないので、それで每日遲刻した。後年、横須賀の海軍機關學校に教えに行った當時、汽車の中で、海軍士官がこんな話をした。

「家は一軒空いているけれど、生憎驛《あいにくえき》の近くだ」

「どの位の距離かね」

「五分とはかからないだろう」

「そりゃ駄目だ、少《すく》なくとも十五分位の距離はないと、取り返しがつかないから、しょっちゅう汽車に遲れる事になる」

私は横からその話しを聞いて、經驗者《けいけん》でなければ云われない至言だと、心中大いに感服した。

花が散って、若葉が出揃う頃から、段段頭の地が乾いて來る様に思われ出した。そうと氣がついてからは、目に見える様に工合《ぐあい》がよくなって、間もなく綺麗に癒ってしまった。癒った跡は禿にもならず、ただところどころ、あんまり引っ搔いたりした跡の頭の地が、少し薄赤くなっているだけであった。

それで私は半年以上の鬱積を晴らすために、頸《くび》の筋が痛くなる程手間をかけて、頭をごしごしと洗った。

その後で髮の毛を乾かして見ると、さっぱりしたけれども、何となくまだ物足りなかった。

本當に癒ってしまった様な氣持になりたいと考えた。

それで熟慮の末、一たん丸坊主になろうと決心した。家の者に話すと、何か云うかも知れないから、默って私は床屋に出かけた。

頭がそんなになる前には、本郷《ほんごう》の喜多床か、同じ竝びにある支店かにきめて居たのだけれど、へんな風になってからは、一度も行かなかった。その內に、曙町から目白臺に引越して來たので、またわざわざ本郷まで出かけるのは億劫である。近所の老松町の通にある床屋に這入って、順番の來るのを待っていた。

「お待ち遠様」と云われて、鏡の前の椅子に腰を掛け、眼鏡を外した。若い職人が、頸に紙を巻き、布を巻き、それから白布をかぶせて、裾をぴんぴんと引いて皺を伸ばした。そうして、一歩離れて、「どう云う風にお刈り致しましょう」と云った。

「坊主にして下さい」

「何で御座いますか」

「頭の髪を剃刀で剃って下さい」

職人は、片手を私の頭の上に翳《かざ》す様にして、聞いた。

「お剃りになるのですか」

「そうです」

職人は默って私の傍を離れて、一つ置いた向うの椅子で仕事をしている親方の所へ行った。

何だかひそひそ話しているらしい。しかし、いつぞやの江戸川橋の床屋の時と違って、私の頭には何の憚《はばか》るところもなかった。だから、別にわくわくする事もなく、すましていると、職人が私の傍に歸って來て、默って白布を外して隣りの椅子に投げかけ、頸に巻いた布も紙も丁寧に取り去ってから、椅子を少し廻して、お辭儀をした。

「手前のところでは、坊主はお剃り致しません」

私は急に顔が赤くなる様な氣がして、あわてて往來に出た。歩きながら、氣を落ちつけて考えて見ると、實に怪しからん床屋だと思われ出した。

その日は木曜日で、漱石先生のお宅にみんなが行く日なのである。鬱陶しかった頭の毛を剃り落とし、さっぱりした氣持で、先生の前に出て、「綺麗になおってしまいました」と挨拶したい氣持もあったに違いない。老松町の通りから椿山莊《ちんざんそう》の前を通り、關口大瀧の水音を聞きながら、急な目白坂を降りて行った。

それから山吹町の通に出て、矢來下《やらいした》から早稲田南町の先生のお宅に行く間に、床屋は道の兩側に、あすこにも、ここにもと思う程あるけれども、さっきの失敗に懲りて、何だか這入りにくかった。

　到頭、先生の家のある早稲田南町の横町まで來てしまった。先生の書齋から續《つづ》いた庭の崖下を流れている深い溝が、横町を横切り、木の橋が架かっている、その橋の手前の泥溝縁《どぶっぷち》にある小さな床屋に、思い切って這入って行った。

「頭をきれいに剃りたいのだが、やってくれますか」と私は用心して、腰を下ろす前に、確かめた。

「入らっしゃいまし。かしこまりました」

　親方は向うの棚で、昔風の剃刀の刃《は》を合わした。

「惜しいですね」と云って、親方が長く伸びた髪の毛を引っ張った。

「なあに」

「よろしいんですか」

「頼みます」

　瞬く間に終って、椅子の上に半身を起こして見ると、向うの鏡に大入道がぼんやり寫っていた。

坊主になれば涼しいかと思っていたら、そうではなくて、頭に芥子《からし》を貼った樣にひりひりして熱かった。その癖、頭の地から少しばかり離れたところが、非常に涼しい樣な、よく解らない氣持がした。

往來に出ると、そよそよと吹いて來る夕風が、筋の樣になって頭を渡った。目がぱちくりする樣に思われた。

漱石山房の玄關に起って、ベルの釦《ボタン》を押した。小宮豐隆さんと一緒に行くと、御自分で格子の間から手を突込《つっこ》んで、釘を拔《ぬ》いて這入って行くのだけれど、私などは、つつしんで女中が取次に出て來るのを待っている。

女中が出て來て、式臺でお辭儀をした。そうして私の顏を見てから、その儘、私を格子の外に待たせておいて、先生の書齋に取りついだ。いつでもそう云う順序なのである。女中が私の頭を見て、笑ったりすると困ると思って、內內心配していたけれども、そんな樣子もなさそうなので、先《ま》ず安心した。

女中が歸って來て、格子の釘を拔いて、「どうぞ」と云った。それで私は玄關から廊下を通って、先生の書齋に近づくと、家の中の風が頭にしみた。もう二三人、人の來ている氣配である。

私が扉を開けて中に這入り、板の間の方の閾際《しきいぎわ》に坐って、正面にいる先生にお辭儀をした。

先生が私の頭を見ている。

同席の人達も、不思議そうな顔をして、私の坊主頭を眺めた。

「頭がすっかり癒りましたので、坊主になってまいりました」と私が挨拶をした。

「ふん」と漱石先生が云って、鼻のわきを少し動かした。

それから暫らくして、先生は私の頭から眼を轉《てん》じて、傍にいる小宮さんの方に向かった。小宮さんはその當時、長い髪に油をつけて、綺麗に分けていたのである。

「小宮なぞには、こう云う眞似は出來ないだろう」と先生が云った。それから少し笑って、「坊主になれるかい」と小宮さんに確かめた。

小宮さんが何と云ったか、覚えていない。これでこのEkzemaの話はおしまいである。概略二十年前の話なのである。

その後、私の頭の外側には異状はない。最近になって、本屋が私の文章を上木《じょうぼく》してくれる事が多いので、その都度、私は自分の本を小宮さんに送っている。小宮さんからは、いつでも行き届いた叱正《しっせい》を寄せられるのである。先日、私の「續百鬼園隨筆」について戴いた手紙の中に、自分は裸になりたいと思っているくせに、なかなか裸になれない。君は今度の本で大分裸になりかけている。裸になって、幽靈が出たら、二十世紀の怖るべき幽靈であると云う風な事が書いてあった。

裸と坊主とは事が違うし、第一、小宮さんの來書とこの搔痒記は何の關係もない。ただ私はその手紙を貰った時、急に二十年前の坊主を思い出し、それから小宮さんの顔や、漱石先生の顔が私の目の前にちらついたのである。

亂れ輪舌FOT

一　F

お天氣のいい日の午後遲く、西日を受けた厩橋《うまやばし》の上でF先生と一緒になった。同じ方向、淺草《あさくさ》の方へ歩いていたのだが、どちらかが足を早めて橋上の道連れになったのである。

私は同學の太宰君と竝《なら》んで歩いていた。太宰は郷里の中學以來の舊友《きゆうゆう》で、しかし大學に這入《はい》ってからは、私は獨逸《ドイツ》文學科、彼は佛蘭西《フランス》文學科で別別であったが、共通の課目の講義では週に何度か一緒になる事もある。

F先生は國文學科の講師であった。その講義は私共の必修科目ではなかったが、私も太宰もその時間に出て講義を聽《き》いた。當時《とうじ》のF先生の題目は「女敵《めがたき》」であって、江戸文學論攷《ろんこう》の一節であった様だが、私にはよく解《わか》らなかった。

しかし、その時間には必ず出た。だから私の方からはF先生のお顔はよく知っている。F先生がこちらに見覺えがあったかどうか、それはわからない。

西日のさす厩橋の橋の上で御一緒になったのは、その日のお午過《ひるす》ぎから隅田河畔の札幌麥酒會社《ビールがいしゃ》の庭園で、帝大の學友會の園遊會があった歸《かえ》りなので、私と太宰は連れ立って出席した。F先生には會場では氣がつかなかったが、同じ時刻に同じ方向へ歸って來られるのだから、勿論その庭で汲み立ての生麥酒のジョッキを飲んで來られたに違いない。

こうして今、このF先生の事を書き綴っているのは、實《じつ》は先生の御令息が私の目の前にちらついて、そちらが氣になるのであるが、目の前にちらつくと云《い》っても、一度もお目に掛かった事はないので、お顏に見覺えはない。しかし目《ま》のあたり見なくても、お父さんの息子さんだから、大體《だいたい》の見當はつくし、又私のこの稿に御令息は出ては來ないから、それで一向差閊《さしつか》えはないが、F先生を思い出すその聯想《れんそう》のつながりに、御令息がちらついていると云う私自身の氣持《きもち》の上の因縁は否定出來ない。

園遊會歸りの先生が、一緒に竝んで、橋の上を歩きながら、私と太宰に云った。

「僕のフラウはね、音樂學校出のピアニストなんだ。うちにピアノがあるよ。遊びに來たまえ」

大學生だから勿論ピアノは知っているし、上野の音樂學校へも行った事はある。しかしもっと以前、私の中學初年級當時はピアノと云う言葉は知っていたけれど、實物を見た事はなく、その音を聞く機會もなかった。

郷里の市の大きな劇場で慈善音樂會が開かれて、私も聞きに行った。市内の開業醫《い》で、私の中學の校醫《こうい》でもあったお醫者さんが、その慈善音樂會の、プログラム解説者と云う程の事でもないが、番組の前口上の役を引き受け、次の新《あた》らしい番組に移る前に一一《いちいち》舞臺《ぶたい》へ顔を出して、次は何何、これこれと説明をする。

番組が進んで何番目かが始まる前に、又そのお醫者さんが舞臺に現われ、大きな聲《こえ》で口上を述べる。次にお聞きに達するは、皆さんびっくりしてはいけませんぜ、「ピヤノ」と云う物です。「ピヤノ」。

破裂音のPをわざと大袈裟に、鋭く、人を突き飛ばす様な勢《いきおい》で發音した。

聽衆《ちょうしゅう》一般はまだピアノを知らなかったに違いないから、その前口上の紹介は適切であったと云えるだろう。

ドクトルが引っ込むと靜かに幕が揚がり、舞臺の眞中に据えた一臺の黒い竪《たて》ピアノが現われた。どこやらの女學校の先生だと云う男の人がピアノへ近づき、譜を前に置いて獨彈《どくだん》を始めた。曲が何であったかは、勿論ちんぷんかんぷん解《わか》らなかったが、私共がついて行ける様なものではなかったから、きっと何か本格の一曲だったのだろう。節《ふし》はわからないなりに、不思議ないい音がするものだなと、感心した。

F先生が、うちにはピアノがあると云われたのを聞いて、古い破裂音の「ピヤノ」の事を思い出した。

私共學生に、僕のフラウは、と紹介された所を見ると、或《あるい》は御新婚だったのではないかと思う。そうすると、私の聯想の中の令息は御長男か。

そんな事はわからない、わからなくてもいいが、ただ一つ氣に掛かるのは、漱石先生の「草枕」が發表《はっぴょう》された後、F先生はその讀後《どくご》感を漱石先生に書き送ったらしい。それに應《こた》えた漱石先生のF先生宛の手紙の中に、F先生の女のお子さんがなくなった事をくやむ文言がある。

「草枕」發表の年月から考え、厩橋の上のお話しと結びつけ、それでどう云う事になるかなど、それはいいとして、まだお若かったF先生に遠い悲しみの痕が印せられている事を知った。

漱石先生のその書翰《しょかん》に就いて思うのは、私は前前から先生の著作は全部讀んでいた上に、亡くなられた後の初版全集の校正に携わったので、作品はすべて知っているけれど、ただ日記書翰及び雜錄の類は受け持ちでなかったので、よく知らない。全部は讀んでいなかった様である。

今からでも讀める筈であるが、それがそう行かないのは、私の所に全集がないからである。そのわけは、手許《てもと》に外《ほか》ならぬ漱石全集すら無いわけは、實は話にもならぬ話であるが、もとは初版本全集一揃の外に、印刷所の築地活版から貰った特別上質紙刷上げの未裝釘《そうてい》一揃も持っていた。佛蘭西風の所謂《いわゆる》ブロッセ版で、その裝釘は藏書家各自が自分自分の好みによって仕上げると云う趣旨のものであった。

それ等《ら》の全集はその後永い間座右から離さず、度度《たびたび》引っ越しした際にも常に行く先へ持ち廻って藏書の列の中心に置いたが、段段に生活の上の不始末がかさんで、金貸しが差押えに來る樣になった或る時、差押えは勿論執達吏の手で行うのであるが、その事前の談判《だんぱん》の際、やって來た高利貸の一人が書齋の漱石全集に目をつけて、これはどうだろうと云い出した。

差押えにはその對象《たいしょう》に多少の制限がある。轉附《てんぷ》命令等による俸給差押えは、當時の金額で年額三百圓、月額二十五圓は最低の生活費として取りのけておかなければならない。

又動產差押えの場合は、どんなに贅澤《ぜいたく》な、金目になりそうな立派な出來でも、御佛壇には手がつけられない。大工の鋸《のこぎり》、鉋《かんな》、魚屋の庖丁など職業用の物にも封印は出來ない。そうだとすると、內田さんのこの漱石全集などは、どうかな、と一緒に來た仲間同士で話し合った。

何册《さつ》揃いの大きな獨逸語の字引などもあったが、彼等にその背文字は讀めないにしても、私が語學教師である事は知っているから、これは大工の鋸に類すると判斷《はんだん》して問題にしなかったが、漱石全集はそれ程職業上の關係《かんけい》はないだろう。

しかし、そうだとしても矢張り後で何かと異議を出されたりすると事面倒になる。まあ取りのけておこうか。それがいい、と云う事になって彼等の間で話がまとまり、私が何年か前その校正に骨身を削った漱石全集が、金貸しの餌食《えじき》になる難は免れる事が出來た。

だからその時、そんな事で漱石全集を失ったのではないが、結局いつの間にか無くなった。昭和二十年初夏の空襲の戰火で家を焼かれた時、焼け落ちた後の灰燼《かいじん》が書棚のあった所だけ盛り上がっていたのを思い出すけれど、その灰の中にあった漱石全集は、どうももとの物とは姿が違っていた様な氣がする。あまりはっきりしないが、後の新らしい版ではなかったか知ら。それではそのもとの、昔の全集はどうなったのか。

よくわからない。考えつめて、突きとめる事が出來ない。なぜだと云うに、それは多分、何しろいろんな事があったから、その時分の事の一つとして、考えたくない霧の中に見失ったのではないか。そうだろうと思う。

昔の事はそうとして、今私の所には漱石全集がない。私に取っては全く外ならぬ漱石全集であるのに、それがない。しかし今なら何とか揃えられる筈であるが、それを敢えてしないには又わけがある。本と云う物は實體《じったい》であって、嵩《かさ》があって、場所を取る。漱石全集と雖《いえど》も空間を占めるから、他の物を排除する。それが困るので、簡單《かんたん》に云えば置き場所がない。

もとはこうでもなかったのだが、いつの間にかこんな事になって、私は萬事もの事の處理《しょり》が出來なくなった。無形の用事を片端から始末して行く事が困難であるのみならず、有形のそこいらにある諸物を、邪魔にならぬ樣片づけて行く事が出來ない。

數年前《すうねん》の摩阿陀會で、その年のお祝《いわい》に大きな書棚をくれた。私の計畫《けいかく》した寸法に從《したが》って特別に造らせた物で、上の段には梯子が必要だから、その梯子まで添えてくれた。

何にするかと云うに、いろんな本を入れて列《なら》べる爲ではない。もし漱石全集があっても、それには入れるつもりはなかった。專《もっぱ》ら私の本、自分の著書を整理する目的で造らせたので、各段の棚の高さ、奥行き等もそれに合わせた寸法になっている。然るにそれを貰ってからすでに何年も經過《けいか》しているのに、一向まだその本來の目的に使っていない。埃とごみと蜘蛛の網の奥にかくれている私の自著を、そこから取り出してその爲の本棚に入れると云う、ただそれだけの手順が立たない。何年來立たないからその儘《まま》になっている。

考えて見るといらいらして、むしゃくしゃする。しかし徒《いたず》らに焦慮しても、出來ない事は出來ないし、どうにもならない物は仕方がない。止《や》んぬるかなと觀じてほっておく。

そんなわけで、と云うつながりはないが、厩橋の上のF先生へ戻る事にする。ピアノがあるから遊びに來いと云って戴いた時から何年も何年も前の、私がまだもっと若かった當時、F先生の日本文學全史平安朝篇と云う大著が世に出た。

高い本で、たしか二圓五十錢、或は一寸考えられないが事によると三圓五十錢ではなかったか、と思う。それを買って貰って一生懸命に讀み耽った。勿論一晩や二晩で讀み切れるものではない。暫らくの間、完全にF先生の學生になり切った期間が續《つづ》いた。

その平安朝篇の後、今度は同じF先生の異本山家集が出た。矢張り買って貰って讀み入ったが、その中の西行法師の富士の歌を、著者のF先生は口を極めて褒めちぎった。お蔭で私はそれまで知らなかったこの歌を、一ぺんに覚え込んでしまって、今だに忘れない。

風になびく富士の煙の空に消えて
行くへも知らぬわが思ひかな

或はF先生、即《すなわ》ち私の聯想にちらちらする御令息のお父さまのその時分のお氣持を、何百年か前に西行法師が歌ったと云う事ではないのか。

二〇

都廳《とちょう》の役人で、大分えらいらしい人の名前が、何年か前から時時《ときどき》新聞等に出て、何となく目につき、その字面が氣になり出した。五字の內三字は苗字、名前二字の中の一字まで、つまり五字の內の上から四字までが私の知っている名前その儘なのである。その上の三字もそうざらにある苗字ではない。

その名の人は昔の私の高等學校の先生で、都廳の役人はその先生の御令息ではないかと思い出した。

前章のF先生の御令息と同様、この人にも私は會った事はなく、又差し當《あ》たって會いたいとも思ってはいない。しかし何かの折にふれて、昔の先生、O先生の聯想から御令息かと思われる人が私の意識閾の中を徂徠《そらい》する。

郷里岡山の中學を終《おわ》って、同じく岡山にある第六高等學校に這入った。

一年生の國語の受持ちは顏の長いO先生である。先《ま》ずアイウエオから教わって、上の學校へ這入ったら初めからやり直しかと驚いた。

アイウエオのイとエ、ヤイユエヨのイとエ、それは各《おのおの》ちがう、同じものではない事。

タチツテトは本來二列ある可《べ》きものが一列になっている。

㋟ティトゥ㋢㋣

ツァ㋠㋡ツェツォ

そんな事を教わって、中學を卒業し、高等學校、即ち大學の豫備校《よびこう》に入學した事を實感した。

外の學課でもそんな事はあったかも知れないし、第一そんな尤《もっと》もらしい事を云う私自身がそれ程の勉強家ではなく、優秀な學生でもなかったが、ただ中學の課程の内、國文法は特に身を入れて勉強したので、O先生の高等學校の國文法に感銘したのであろう。

私の生家から町の家竝みを外れて出た北郊に百間川と云う空川《からかわ》があって、春になればその水の無い川を兩側から包んだ土手が蜿蜿《えんえん》何里にわたる春草の堤となり、とろりとろり吉備の野の雲雀《ひばり》が囀《さえず》り出す。

若かった私は、その百間川の土手の春草に寝ころびに行く。手に持つのは詩集歌集のたぐいでなく、朱色の表紙の國文典の教科書である。たんぽぽを倒して腹這いになり、動詞助動詞の活用、その連用形のおさらいをする。

うららに照れる春日に雲雀あがり
　心悲しも獨りし思へば

教科書の文典を携えて吉備の春に堪能して歸って來る。

だからＯ先生の文法の授業にも、つい身が入る。そうして一年間その教えを受けたが、Ｏ先生は六高を去られる事になった。東京の學習院の教授となり、轉任されるので、當時の事情などわからないが、多分御榮轉だったのだろうと思う。

その後任として來られたのが志田素琴先生で、私共は續けていい國語の先生に就く事になった。

Ｏ先生を送り志田素琴先生を迎える式が大講堂で開かれた。その時壇上の挨拶で志田先生は謙遜して、自分如き者がＯ先生の後を繼《つ》ぐ。Ｏ先生と自分では丸で提燈に釣鐘《つりがね》であると言われた。小うるさい生徒である私共は忽《たちま》ちその言葉尻を捕らえて、今度の志田と云う教師は、自分が釣鐘である様な事を云ったと陰口をたたいた。

その後二年經って、私は六高を卒業し、初めて出京して東京の地を蹈《ふ》んだ。

私より一年前に卒業して帝大の法科に這入っていた友達が、もとの上級生として、いろいろフレッシュ・フロム・ゼ・カンツリぽっと出の私の世話をし、方方《ほうぼう》へ引き廻してくれた。

その一つとして、六高時代の舊師O先生を二人で訪ねる事をきめた。

O先生のお宅は市外の大久保にある。大久保と云う所は新宿よりもっと先の田舎で、近郊ではあるけれども邊りは淋しい。新宿で電車を降り、家竝みの續いた道からそれて町裏に出たら、一面の田圃《たんぼ》でその中を細い田舎道が走っている。

道の片側に空っぽの交番の様な小さなお堂があって、何か祭ってあるのかと思ったら、そうではなく、一緒に歩いている友達が落書堂だと教えてくれた。言いたい事、書きたい事をだれでもそこに書きつける爲のものだそうで、小屋の中に張った板や柱に、何だか一ぱいくしゃくしゃと書いてあった。

その先に立ち樹で圍《かこ》まれた一團《いちだん》の屋根が見えて、その一郭《いっかく》が住宅地になっているらしい。O先生のお宅はその中に在る見當であった。

まだ私が上京しない前、東京近在の大久保に「出齒龜《でばかめ》」が出たと云う騒ぎがあって、一世を震撼させた。その住宅地にある幸田さんと云う家の若奥さんが、晩になって近所の銭湯へ行った歸りに暴漢に襲われ、怪しからん事をされてその場で殺された。大變な騒ぎで何百里隔てた岡山でもその噂で持ち切った。人人は寄るとさわるとその話をした。

一般に「出齒龜」をラ行四段の動詞にして、「でばラ、でばリ、でばル、でばル、でばレ」と活用した。

六高の同級の友達が、その當時の俳句の運座《うんざ》の席でおかしな句を作った。

でばりければ止むを得ず出替りぬ

季題の奉公人の出替りを詠んだので、句の姿は新傾向風になっている。

うっかり人が讀むと、下女が主人にいたずらをされて、おなかが大きくなり、出張って來たから止むなく暇を取ったと云う事になりそうだが、又現にそう解した仲間もいたけれど、そうではないので「でばる」は腹が出張るのではなく、出齒龜の様な事をした「出齒る」なので、作者は出齒龜のラ行活用を用いたのである。

出齒龜は終身懲役だった筈だが、獄中の行狀が良かったのだろう、赦《ゆる》されて出て來て市民生活に戻った。牛込若松町の表通《おもてどおり》から早稲田の方へ降りる細い坂道の角になった所に錢湯があって、私も這入った事があるが、表通の往來にある入口の向かって右側が女湯であり、女湯の横側の窓はその細い坂道の石垣の上にあった。

或る晩、その石垣の上に攀《よ》じ登って中を見ている男を巡邏《じゅんら》中の警官が見とがめ、降ろして調べたら、何十年前、日本全國津津浦浦にその勇名を轟かした老出齒龜であったと云う。

O先生のお宅はじきにわかった。幸い御在宅であって、すぐに二人は通された。久闊《きゅうかつ》の御挨拶をし、岡山の話、六高時分の話などをした。

その時分、と云うのはハレー彗星が出た一九一〇年、即ち明治四十三年の事で、當時はお邪魔する前にあらかじめ電話で先方の都合を伺ってから出掛けるなどと云うわけには行かなかったであろう。突然昔の二人の學生が玄關《げんかん》に現われ、さぞ御迷惑だった事と思う。

O先生は快く迎えて下さって、私共の話の相手をされた。どうも根が馬鹿なので、場所をわきまえず下らん事を云う。

「先生、この邊は出歯龜が出た所ではありませんか」

「そうだね。そんな話もあった様だ。もっと先の方だろう」

失禮《しつれい》な事を尋ねたと云う程の事でもないが、そんな話はその座の話題としては面白くなかった様である。

暫らくして、女中が私共の前に何だか運んで來た。勝手がわからないので、その儘そっとしておくと、先生がどうぞ、遠慮なく、と云われるし、一緒に來た友達も、君いただこう、と云うからお箸を手に取った。

笊蕎麥《ざるそば》だったのだが、私はよく知らない。よくにも何にも、まだそう云う裝置で蕎麥を食べた事がない。蕎麥と云う物は岡山で食べた事はあるけれど、口の中がざござごして、もそもそして、貧乏人が腹のたしに食うものだとされていた。

そこに出されたのは蒸籠《せいろう》の笊蕎麥だったらしい。よく知らないから丸い塗り物の蓋を取って、德利壺《とくりつぼ》のおつゆを蕎麥の上からザアと掛けた。

隣りにいた友達が驚いた様で、君、君、それはこの茶椀に注いで食うのだよ、と教えてくれた。

やっと綺麗に食べ終り、ほっとした。うまくも何ともない。しかし、うまい、まずいそんな事ではない。咽喉を通して、嚥《の》み込んで、これで濟んだ。濟んだからもとの通り蓋をしようと思う。何だか隣りから云う樣だから氣になった。

全く思いも掛けない事で、蒸籠は二重になっていた。下にもう一段ある。そんな事とは知らないから、ほっとしたばかりなのに、どうしたらいいだろう。

しかし先生の前で失禮があってはならない。折角そうして戴いた物を食べ散らしたり殘《のこ》したりする事は出來ない。目を白黑させる思いで、やっと二段目を頂戴した。

そうしてお箸をおき、膝に手を揃えて、御馳走樣で御座いましたとお禮を申した。

その後、御年賀には伺ったかも知れないけれど、重ねてお蕎麥の御馳走になる樣な機會はなく、御無沙汰している内に歳月が流れて、御令息かと思われるお名前が目に留まる時世に移り變《かわ》った。

三　T

前二章は昔の先生の御子息かと思われる見當から筆を進めたが、この第三章は私の息子の先生だったと思われる方を聯想の端において息子の昔の事を思い出す。

慶應義塾のT博士、それが私の息子の先生だったかと思われる方で、御高名ではあるが、私はまだお目に掛かった事がないので、專ら私自身の見當だけで物を申す。

慶應義塾の學制の事はよく知らないけれど、昔、高等部と云うのがあって、今でもあるのか知らないが、私の息子はそこへ這入った。大學課程でなく、外の私立大學で云う專門部なのだろうと思う。

T博士のその時分のT先生は、高等部の先生であった筈で、そうだとすると、その受け持ちのクラス、生徒の數《かず》は三十幾人、四十人には足りなかったのだろう、その中に內田久吉と云う少少らっきょうを逆さに立てた様な生徒がいたでしょう。

それが私の子供で、長男で、高等部在學中に夭折《ようせつ》した。

少し變な所があった子供で、それはおやじの子だから當《あた》り前かも知れないが、自分の蟇口《がまぐち》を開けて見て、中が氣に入らない。お金が足りないのではなく、自分が考えているきちんとした數より多過ぎて、半端が餘計で邪魔になる。五錢の白銅を一つ摘み出せば何とか我慢出來る。傍にいた妹や弟に五錢やろうかと云ったけれど、だれもいらないと云ってことわったので、その白銅を庭へ投げて捨ててしまった。

スポーツもやったらしく、三段跳びの選手だったそうだ。彼が大きくなり掛かった頃は私の一番困っていた時で、殆《ほと》んど何もしてやれなかった。その時分でも年末年始の郵便處理の爲のアルバイトはあったので、中央郵便局の年末アルバイトに行って冬の外套を買って著た。

私のいない留守へ高利貸がやって來て、どうせ利子の催促か何かだったのだろう、ひどい訛りのある男で、あまりはっきりしない口調で家の者にさんざっぱら惡態をついたらしい。久吉が腹に据えかねて表に飛び出し、その高利貸を往來のどぶに叩き込んだと云う。

後の仕返しがこわいと思ったが、そんな風にがんとやられると、案外恨みは殘らないものかも知れない。その高利貸はどこかの警察署の柔術だか劍術だかの先生をしていたと云う位だから相當強い筈だが、又いつも燒酎を飲み、赤い鼻をしていたので、その時も廻り過ぎていて久吉如き者に負けたのかも知れない。

病氣になって、亡くなる一日二日前、私の顏を見ると、お父さん、メロンが食べたいと云った。

そんなに容態が惡いとは思わなかったから、贅澤を云うな、夏蜜柑でいいよと云って、メロンの願いは取り上げなかった。

その後じきに死んでしまったのでは、父として可哀想で堪え難い。それは二・二六事件の年であったから、今から三十年前の事になるが、それ以後私は一切メロンを食べない事にしている。宴會などでデザアトに出ても手をつけない。遣い物として人から屆《とど》けられても、折角の好意に申し譯《わけ》ないけれど、そのまま他へ廻したり、遠慮のいらない相手にはその場で返して外の物と取り替えて貰う。

メロンなど食べなくてもいい。それにつれて、あの時買って食べさせればよかったなど繰り言みたいな事を思っても考えても意味はない。

ただこの事だけは歳月の流れにまかせて見ても一向に消えないし、薄らぎもしない。だから矢張りそれもこの儘にしておけばいい。

T先生のT博士を、あからさまにお名ざししたわけではないから、お許しを願いたいが、昔の昔に死んだ自分のせがれの思い出にこだわり、ちらちらその昔の受持ちの先生に思いを馳せた。三十年前の學期の中途から消えた一人の生徒の御記憶などもうないだろう。しかしその先生が段段に御研鑽を積まれている趣を、亡兒の父はよそながら瞻望《せんぼう》している。

寺田寅彦博士

寺田寅彦博士は私から見ると十年の先輩であって、餘《あま》りお目にかかった事もない。漱石先生の在世中、私共は毎週木曜日の晩に漱石山房に出かけて行ったけれども、寺田さんがそう云う席に來られた事は、私共が出入りする様になってから後には殆《ほと》んどなかった様に思う。たまに漱石先生を訪ねられるのも、面會日《めんかいび》にきまっている木曜以外の日を選ぶとか、或《あるい》は同じ木曜にしても、若い連中で混雜する夜分を避けて、晝間《ひるま》のうちに出かけられたらしい。或《あ》る木曜日の晩、漱石先生が私共に向かって、暫《しば》らくぶりに寺田が來たけれど、なんにも話しをする事がないから、自分は寺田の顔を見て欠伸《あくび》ばかりしていた。寺田もつまらないものだから、自分の顔を見て、欠伸をし出した。兩方で默って欠伸をして、それで半日つぶして、寺田は歸《かえ》って行ったよと話された事がある。

　その話は漱石先生の一番古いお弟子の一人として、寺田さんが先生と水入らずに親しんでいられる情景を目のあたりに彷彿させる様で、私は何度でも思い出して、漱石先生と、中學生の當時《とうじ》から「ホトトギス」や「吾輩ハ猫デアル」を通じて敬慕している寺田さんとを二人、私の想像の中に竝《なら》べて味わった。

しかし、現實《げんじつ》の寺田さんについての私の記憶は不思議に曖昧である。漱石先生の生前にも、寺田さんにお目にかかった事は一二度あるに違いないのだけれど、その場所も前後の關係《かんけい》も思い出す事が出來ない。はっきり覺えているのは、漱石先生の最後の枕頭《ちんとう》に坐っている寺田さんの姿である。その頃寺田さんは先生と同じ様な病氣を病んで、大分重かったのを無理に起きて來たとか云う話であった。寺田さんの横顔がげっそり痩せ落ちて、色つやも惡く、著《き》ぶくれのした身體《からだ》の恰好が痛痛しかったのを思い出す。しかし、その時の事もあまり考えていると、寺田さんの姿には記憶の間違いはないと思うけれど、時の前後が少し疑わしい様なところもある。つまり寺田さんは漱石先生のそうなられる少し前にお見舞に來られたのではないか、或は臨終に間に合わなかったのではないかと云う様な事まで氣にかかって來る。

この間寺田さんがなくなられた後、一二の雜誌から追悼文を求められたが、私の記憶が右の様に曖昧であって、何を述べると云う纏りもつかないから、御長逝《ちょうせい》を悼む事は人後に落ちないけれども、寄稿は勘辨《かんべん》して貰いたいと云って謝《ことわ》った。その後で矢っ張り何か知ら片づかない様な氣持《きもち》がした。曖昧は曖昧なりに自分のその儘《まま》の覺書《おぼえがき》としておけばよかったと思い出したので又筆を執る事にした。

そうして考え込んでいると、私は寺田さんのお宅に伺った事もあると云う事を思い出して驚いた。何故それを忘れたかと云うのは、その時伺った用件を思い出さないからであろうと思う。雑談や暇つぶしに寺田さんの所にお邪魔をする筈はないから、何か特別の用事があったに違いないが、それがはっきりしない。漱石先生の歿後《ぼつご》當時矢來《やらい》にあった森田書店から「夏目漱石言行錄」を刊行する計畫《けいかく》があって、私がその蒐輯《しゅうしゅう》の任にあった爲、何か原稿の事で寺田さんをお訪ねしたのではないかと、後から當《あ》て推量をして見るけれど、もう十何年昔の事なので、果《はた》してそうであったか、どうか、はっきりした事は解らない。

本郷彌生町の裏の崖の上に、新開地の様な一劃《いっかく》があって、寺田さんの家はその中の細い道に面していた様に思う。玄關《げんかん》を上がったところに風琴《オルガン》が置いてあった。今度思い出してから、それは洋琴《ピアノ》ではなかったかと考え直して見たけれど、矢っ張り風琴に違いない。そこを通って、どう云う部屋で寺田さんにお目にかかったか、もうそこから先はなんにも解らない。寺田さんがどんな顔をして、何を話されたか丸っきり記憶にないので、じれったく思うよりも却って不思議である。私の著書の中に収録《しゅうろく》した文章のうち、昔の事を書いたものは大變《たいへん》精確で細かいところまで覺えているのに感心したと云う様な褒め言葉を、度度《たびたび》他から聞かされているが、そうかと思うとこう云う風に丸でぼやけてしまった記憶の期間もある。自分の頭の働きに、こんなむらがあるのは、結局健全でないと云う事であろうと思われる。

それから後にも、漱石忌その他の機會に、寺田さんにお會いした事はあるに違いないが、凡《およ》そ寺田さんのいそうな場面は模糊《もこ》として、寺田さん御本人のみならず、同席の人物も周圍《しゅうい》の光景も一様にぼやけている。寺田さんの顔が、底の知れない叡智を藏している感じでなく、何だか眠たい様なところがあるからではないかと思う。

近頃になって、私の書いたものが次から次へと刊行される様になって以來、私はその最初のものから一つ殘《のこ》らず寺田さんに差し上げている。寺田さんからも新刊の文集を頂戴しているが、その小包を解く度に驚くのは、どうしてこう云う方面にこれだけの仕事を纏められる時間があるのだろうかと云う事である。物理學者としての寺田さんのえらい事は私共には丸で解らない世界の事だから、ただその盛名を聞いて、寺田さんがそうであるのはもとから當然である樣に思うに過ぎないが、私共に解る寺田さんの文章の方面だけを切り離して考えても、そのお仕事は普通の意味での一人前どころの話ではない。特にこの一兩年は目覺《めざま》しかった樣である。私などは學校の教師をやめて以來、朝から晚までその事に專念《せんねん》して、それでも到底寺田さんが專門の研究の餘《よ》暇《か》にやられるだけの事は出來なかった。

隨筆と云う言葉の正確な意味はよく知らないけれども、又隨筆と云う以上はどう云う物でなければならぬと云う約束も私にははっきりしないけれども、寺田さんが吉村冬彦の變《か》え名で書かれた近年の數卷《すうかん》の文章こそは、昭和年代の隨筆として後生に遺る第一のものであろうと思う。私が近頃の最初の文集に百鬼園隨筆と云う名前をつけたので、随筆と云う點《てん》で寺田さんと竝べられた批評を二三讀《よ》んだ事があるが、私は納得しないし、寺田さんもしそう云う物がお目に觸《ふ》れたら苦笑せられた事であろうと思う。私の本の名前は、字面もよく音もいいので漫然とそう云っただけの事であって、随筆と云う銘を打つについて、何の覺悟があったわけでもない。こう云う物は随筆と云う事は出來ないと云う排他的の觀念など少しも考えなかったのである。だからその本の中には敍事文を主とし、抒情文風のものもあり、又月刊雜誌の所謂《いわゆる》創作欄に載った小說も收錄した。その後に出した私の數巻の著書もみんなそうであって、要するに私の作文集であり、文章と云う事を第一の目じるしにしているから、寺田さんの書かれる物の様な啓蒙的な要素は少しもない。又そう云う事を私が企てても齒も立たないのは云うまでもない。随筆と云う看板のために、寺田さんの様な立派な仕事をして居られる人のお引合いに出たり、又寺田さんを引っ張り出したりする様な機會があったのは誠に申しわけがないと思っている。

そう云う事でなく、私の書いたものを寺田さんが讀まれて、大變ほめて下さったと云う事は、私に取って實にうれしかった。前にも書いた通り、私は近年寺田さんにお會いする機會がなかったので、その話も人傳《づ》てに聞いたのであるけれども、私はその話をしてくれた人に、寺田さんの云われた言葉をもう一遍云い返して貰って肝銘した。

寺田さんが最後の病床に就かれてから後の話は、いろいろの事を私共に考えさせる。寺田さんは初めの内は醫者《いしゃ》の診療を拒まれた樣であり、病勢が進んでからも入院する事を肯《がえん》じられなかったそうである。寺田さんの樣な科學者が何故そうなのかとも思うし、又あれ程の科學者であればそう云う氣持を懷かれるのが當然である樣にも思われる。

壽命《じゅみょう》と云う事を寺田さんが病床の枕の上でどう云う風に考えられたかは解らないが、「蒸發皿」に載っている「空想日錄」の一節にはこんな意味の事が書いてある。壽命の長短を測る單位《たんい》は、吾吾《われわれ》の身體の固有振動週期だと云う事が云える。そこで、今假《か》りに一寸法師の國があって、その國の人間の身體の週期が吾吾の週期の十分の一であるとすると、これ等《ら》の一寸法師がダンスを踊ったら、吾吾の眼には目まぐるしくて、どんなステップを蹈《ふ》んでいるか判斷《はんだん》が出來ない位であろう。一寸法師がそれだけの速い運動を支配し調節する爲には、それ相當に速く働く神經《しんけい》を持っていなければならない。その速い神經で感じる時間感は、吾吾の感じるのとは可なり違ったものであろう。事によるとこれ等の一寸法師は、吾吾の一秒を恰《あたか》も吾吾の十秒程に感じるかも知れない。そうだとすると彼等は吾吾の十年生きても、自分達では百年生きたと同じ様に感ずるかも知れない。反對《はんたい》に象が何百年生きても、象の感じる一秒が長いものであったら、必ずしも長壽とは云われないかも知れない云云。

私はこう云う文章の大意を引用して、寺田さんの壽命が長かったか短かったかを考えようとするのではない。そうではなくて、寺田さんが醫者も病院もどうでもいい様な氣持で死んで行かれたのは、御自分の壽命と云う事をどう云う風に考えていられたか、それが氣にかかってならないのである。

シュークリーム

私が初めてシュークリームをたべたのは、明治四十年頃の事であろうと思う。その當時《とうじ》は岡山にいたので、東京や大阪では、或《あるい》はもう少し早くから有ったかも知れない。第六高等學校が私の生家の裏の田圃《たんぼ》に建ったので、古びた私の町内にもいろいろ新《あた》らしい商賣をする家が出來た。夜になると、暗い往來のところどころにぎらぎらする様な明《あ》かるい電氣をともしている店があって、淋しい町外れの町に似合わぬハイカラな物を賣っていた。

私は明治四十年に六高に入學したのであるが、その當時は私の家はもうすっかり貧乏してしまって、父もなくなり、もと造り酒屋であったがらんどうの様な廣《ひろ》い家の中に、母と祖母と三人で暮らしていた。

夜机に向かって豫習《よしゅう》していると、何か食いたくなり、何が食いたいかと考えて見ると、シュークリームがほしくなって來る。その時分は一つ四錢か五錢であったが、そう云《い》う高いお菓子をたべると云う事は普通ではない。しかし欲しいので祖母にその事を話すのである。祖母が一番私を可愛がっていたので、高等學校の生徒になっても矢っ張り子供の様に思われたのであろう。それなら自分が買って來てあげると云って、暗い町に下駄の音をさせて出かけて行く。

六高道に曲がる角に廣江と云う文房具屋があって、その店でシュークリームを賣っている。祖母はそこまで行って、シュークリームを一つ買って來るのであるが、たった一つ買って來ると云う事を私も別に不思議には思わなかった。祖母の手からそのシュークリームを貰って、そっと中の汁を啜《すす》った味は今でも忘れられない。子供の玩具に本當の牛を飼って見たり、いい若い者の使に年寄りがシュークリームを買いに行ったりするのが、いいか惡いかと云う様な事ではないのであって、こってい牛は今では殆《ほと》んど見られなくなったが、シュークリームをたべると、いつでも祖母の顔がどことなく目先に浮かぶ様に思われるのである。

撰者あとがき

内田百閒の文章と出会ったのは、角川文庫の『漱石山房の記』だったように思う。漱石について、その弟子たち（寺田寅彦、小宮豊隆、鈴木三重吉など）や画家の津田青楓が書いた文章を、次から次に読んでいるうち、百閒の文章にも行き着いたのだった。百閒の漱石についての文章は他にも、河出文庫に『漱石先生雑記帖』が入り、ちくま文庫でも『私の「漱石」と「龍之介」』がまとめられた。そして今回、数ある名随筆の中から選んだのが「漱石先生臨終記」で、漱石臨終の様子だけでなく、漱石が満洲旅行の途中、岡山駅を通過するのを友人の太宰施門と見に行ったときの話や東京で初めて漱石と会ったときの話も印象深く記されている。百閒の漱石への尊敬が文章の端々から感じられ、また大笑いではないユーモアが全体に漂い見事なエッセイだと思う。

私にとって、百閒の一番の魅力はその文章だったので、百閒の書いたものであれば何を読んでも楽しめるのだけど、この撰集では、あまり百閒を読んだことのない人にもその魅力を感じ取ってもらえるような作品を選びたいと思いました。この撰集を読み、百閒の様々な側面を感じとってもらいたいものです。

例えば「昇天」という小説は、夢の中を歩いているみたいで、周りに見える自然や風景も幻想的で美しい作品であるが、その中の人物は生々しいリアリティで、読むものに妖しく迫ってくる。百閒の描いた世界は強く記憶に残り、時が経つと、そろそろまた「昇天」が読みたいな、と思うのである。そして「昇天」を読み終えると「冥途」が読みたくなるのも自然な流れだと思う。

「長春香」もことあるごとに読んできた作品で、どこまでも大切なものを離さない百閒の魅力が、ストレートに表現されている。結局、私が選んだ百閒の作品は、何度も読み返したくなるものになったと思う。また他の百閒の作品への入り口にもなると思いたい。

他にも、ユーモア溢れる「掻痒記」や「乱れ輪舌ＦＯＴ」、寺田寅彦の面影を思い出そう思い出そうとしている「寺田寅彦博士」、お祖母さんのことをさらっと書いて心に残る「シュークリーム」なども収録しました。

内田百閒全集は、講談社から全十巻出たものと、福武書店から全三十三巻のものが出ている。今は絶版になっているが、図書館には揃っているし、古書店で一冊ずつ集めるのも楽しい。他にも、持ち運びやすい文庫にもたくさんの百閒の作品が収められてきた。旺文社文庫には、ほぼ全作品が入っていたし、それが絶版になったあとも、福武文庫がまた違った編集で出してくれた。そして、こうした過去のものだけでなく、ちくま文庫「内田百閒集成」全二十四巻など、現在新刊書店で簡単に手に入る百閒本もたくさんあって、寺田寅彦と並んで漱石門下で最もよく読まれている作家のひとりだと思われる。

私は、この撰集を編みながら、本箱に『居候匆々』、『大貧帳』、『長春香』、『百鬼園随筆』、『王様の背中』などの文庫本が並んで、一冊ずつ増えていった頃のことを思い出して懐かしい気持ちになった。それが今では、谷中安規の版画が使われた拓南社の

『大貧帳』や『琴と飛行機』、栃折久美子のルリユール作品である、総革装の『創作集冥途』や版画荘の『全輯百間随筆』なども本箱に並んでいる。
　この作品撰集がきっかけとなり、百閒の他の名作を読んでいただけたら、撰者として嬉しく思います。そして読後の感想などもいただけるとありがたいです。

二〇二三年一月十二日　　山本善行

・本書制作にあたっては、福武書店『新輯 內田百閒全集 第一巻』(一九八六年十一月十五日発行)、同『新輯 內田百閒全集 第三巻』(一九八七年一月十六日発行)、同『新輯 內田百閒全集 第四巻』(一九八七年四月十五日発行)、同『新輯 內田百閒全集 第五巻』(一九八七年五月十五日発行)、同『新輯 內田百閒全集 第八巻』(一九八七年八月十五日発行)、同『新輯 內田百閒全集 第二十一巻』(一九八八年七月十五日発行)を底本としました。

・各著作品について、旧字体は一部を除き原則底本のままとしました。また、本文中の促音、拗音、および一部の平仮名については、現代仮名遣いに変更いたしました。

・各著作品について、送り仮名は底本の通りにしています。ただし、現代送り仮名を基準に、必要と思われる部分にはルビを付しました。

・ルビについては、本書制作過程で新たに追加しました。

・各著作品のなかで、表記に若干の揺れがみられるものの、著者の文章および底本を尊重し、そのままとしました。

・現代の観点からは不適切と思われる表現がみられますが、発表当時の時代背景、著者の意向および文章を尊重し、底本のままとしました。

內田 百閒（うちだ ひゃっけん）

1889–1971

岡山県生まれ。本名・栄造。

15歳のときに親友・堀野寛と出会い、堀野を通じて読書の趣味に目覚める。翌年、夏目漱石の『吾輩は猫である』上篇を読み、漱石に傾倒。19歳のころには俳句熱が高まって、俳諧一夜会や苦渋会という句会を結成。岡山近郊の百間川から俳号を「百間」とした。

1910年、東京帝国大学文科大学へ入学。翌年2月に、静養中だった漱石を訪ねる。漱石の面会日「漱石山房」に出席するようになり、小宮豊隆、津田青楓、森田草平、芥川龍之介、久米正雄などと知り合う。以後、陸軍士官学校や法政大学で教鞭をとる。1920年には、作曲家・箏曲家の宮城道雄に知遇を得て親交が続く。同年、幼少期より寵愛を受けてきた祖母の竹が死去。1922年、はじめての著作集『冥途』を稲門堂書店より刊行。翌年、関東大震災に遭い、『冥途』の印刷紙型を焼失してしまう。1933年に三笠書房から『百鬼園随筆』を刊行してから、『冥途』の再刪版（三笠書房）や第二創作集『旅順入城式』（岩波書店）、『百鬼園俳句帖』（三笠書房）などを刊行。以降、『贋作吾輩は猫である』（新潮社）、『ノラや』（文藝春秋新社）など多数の書籍、作品を発表する。1967年には、これまでの功績を評価され芸術会員に推薦されながらも「いやだから、いやだ」とそれを辞退。それからも『麗らかや』『残夢三昧』（いずれも三笠書房）などを著す。多くの名筆を世に刻み、1971年4月20日に逝去。

※上記著者紹介作成にあたっては以下を参照した。
佐藤 聖［編］『百鬼園先生――内田百閒全集月報集成』（中央公論新社、2021年）

山本 善行（やまもと よしゆき）（1956–）［撰者］

大阪府生まれ。関西大学文学部卒。書物エッセイスト。

2009年、京都銀閣寺近くに「古書善行堂」オープン。

著書に『関西赤貧古本道』（新潮社）、『古本のことしか頭になかった』（大散歩通信社）、『定本古本泣き笑い日記』（みずのわ出版）、編者として上林曉の『星を撒いた街』『故郷の本箱』『埴原一亟古本小説集』（以上、夏葉社）、黒島伝治『瀬戸内海のスケッチ』（サウダージ・ブックス）など。

装幀

—

野田和浩

灯光舎 本のともしび

シュークリーム

二〇二三年三月十日　初版第一刷発行

著　者　内田百閒
撰　者　山本善行
発行者　面髙悠
発行所　株式会社灯光舎
〒六〇三―八四二四　京都府京都市北区紫竹下芝本町七七
電　話　〇七五（三六六）三八七二
ＦＡＸ　〇七五（三六六）三八七三
印刷・製本　創栄図書印刷株式会社
用　紙　株式会社松村洋紙店

ISBN978-4-909992-54-3　C0095

本のともしび

書物を愛する人々へも、これから「読書」を始めてみようと考えている人々にも、気軽に読んでいただけるよう小品仕立てにし、ふと手にとりたくなるようなたたずまいの書籍をめざして、「灯光舎 本のともしび」を発刊いたします。

この活動を通して、人々の心を揺さぶる数多くの作品の魅力を後世へとつないでいくことができたなら、これほどの喜びはないでしょう。

本に灯った明かりを絶やさぬよう、蝋をつぎたす活動の一片になれば幸いです。

灯光舎 本のともしび　第1期全5巻

『どんぐり』寺田寅彦／中谷宇吉郎
本体価格1500円＋税
ISBN978-4-909992-50-5

『石ころ路』田畑修一郎
本体価格1700円＋税
ISBN978-4-909992-51-2

『かめれおん日記』中島 敦
本体価格1700円＋税
ISBN978-4-909992-52-9

『木の十字架』堀 辰雄
本体価格1700円＋税
ISBN978-4-909992-53-6

『シュークリーム』内田百閒
本体価格2000円＋税
ISBN978-4-909992-54-3